Christian Linker
Doppelpoker

Christian Linker, geboren 1975, studierte Theologie und arbeitete in der außerschulischen Jugendbildung. Heute leitet er eine Dachorganisation von Jugendverbänden in Köln, wo er auch lebt. Seine Romane wurden mehrfach ausgezeichnet: ›RaumZeit‹ wurde im Jahr 2003 von der Jugendjury für den Deutschen Literaturpreis nominiert. ›Das Heldenprojekt‹ (dtv pocket 78207) stand auf der Liste ›Die besten 7 Bücher für junge Leser‹ von Deutschlandfunk und Focus und war für den Hansjörg-Martin-Krimipreis nominiert. Weitere Bücher von Christian Linker bei dtv junior: siehe Seite 4

Christian Linker

Doppelpoker

Roman

Deutscher Taschenbuch Verlag

Von Christian Linker sind bei
dtv junior außerdem lieferbar:
Ritter für eine Nacht, dtv junior 70608
Die Jagd nach den Feen, dtv junior 70743
Das Heldenprojekt, dtv pocket 78207

In Vorbereitung:
RaumZeit (Neuausgabe bei dtv pocket Mai 2007)

Originalausgabe
In neuer Rechtschreibung
Januar 2007

www.dtvjunior.de
Umschlagkonzept: Balk & Brumshagen
Umschlaggestaltung: Jorge Schmidt und Tabea Dietrich
unter Verwendung eines Fotos von Jan Roeder
Lektorat: Beate Schäfer
Gesetzt aus der Legacy Sans und der Legacy Serif
Gesamtherstellung: Druckerei C. H. Beck, Nördlingen
Printed in Germany
ISBN-13: 978-3-423-78214-2
ISBN-10: 3-423-78214-5

Für Silke

#1 Ferienerwachen

Yeah! Der erste Satz, der mir an diesem Morgen einfiel, war der, den ich tags zuvor auf meinem Zeugnis gelesen hatte: »Julius Ziebel wird in die Jahrgangsstufe 10 versetzt.«

Der zweite Satz, der mir einfiel, war der, den Rooney anschließend zu mir gesagt hatte: »Heute Abend brennen wir uns mal so richtig einen auf die Festplatte, Alter!«

Yeah. Und dann drehte ich meinen Kopf etwa drei Grad nach links. Fehler. Im selben Moment fing mein Schädel zu dröhnen an, als steckte ich in einer Autopresse auf dem Schrottplatz. Ich wollte tief Luft holen, mich räuspern, aber mein Mund fühlte sich wie ein Aschenbecher an. Wie ein ziemlich überfüllter Aschenbecher allerdings, in den jemand nachher noch reingerotzt hat, um es etwas genauer zu schildern. Und dann legte die Achterbahn in meinem Magen los. Mit einem Ruck richtete ich den Oberkörper auf. Das gab meinem Kreislauf den Rest und ich sackte seitlich weg. Allerdings fiel ich nicht auf den Fußboden, obwohl ich ziemlich sicher war, dass sich die Breite meines Bettes an dieser Stelle absolut erschöpft haben musste. Wenn alles mit rechten Dingen zugegangen wäre, wäre ich auf meinem Bettvorleger aufgeschlagen, hätte auf dem Boden noch ein bisschen herumgewimmert und es wäre ansonsten ein ziemlich normaler erster Ferientag geworden.

Nie war ich weiter von einem normalen ersten Ferientag entfernt gewesen als heute. Und vor allem fiel ich nicht neben das Bett, sondern landete weich auf der Matratze. So breit hatte ich mein Bett nicht in Erinnerung. Aber manchmal sind Instinkte stärker. Ich rollte mich schließlich herunter und taumelte durch das Zimmer, das über Nacht um einiges größer geworden zu sein schien. Auch die Tür war heute Morgen ganz woanders. Im Flur verlor ich völlig die Orientierung, zumal im Bad jetzt die Küche war. Dort saß eine junge Frau, die unwillkürlich auf die zweite Tür links deutete. Ich folgte der Richtung ihres ausgestreckten Armes, stieß die Türe auf und fiel dem Klo um seinen kühlen weißen Hals, hob mit letzter Kraft den Kopf und ließ alles raus. Das tat gut. Noch besser ging es mir, als mir klar wurde, dass der Klodeckel auch wirklich hochgeklappt war. Gott sei Dank.

Dann fand ich die Spülung. Das erfrischende Plätschern und der energische Strudel, der die Reste von letzter Nacht vollständig in die Tiefe riss, wirkten wie ein reinigendes Gewitter für mein Bewusstsein. Leider.

Mühsam zog ich mich selbst auf die Beine und glotzte im Spiegel in mein ehemaliges Gesicht. Blaue Augen (heute Morgen leicht geschwollen), kurze blonde Haare (ungewaschen), deutlich zu viele Pickel. Kein Zweifel: Ich, Julius Ziebel. Oder was davon übrig war.

Ich drehte den Wasserhahn auf, hielt den Kopf drunter und trank die Leitung leer. Das Rumoren im Magen war weg, auch meine Atemwege waren wieder frei. Nur der Brummschädel blieb. Aber immerhin. Langsam sah ich mich um und wehrte mich nicht länger gegen die Gewissheit. Hier war ich noch nie zuvor gewesen. Nicht auf diesem Klo, nicht in dieser Wohnung. Wenigstens kannte ich die Stimme, die jetzt aus der Badewanne kam: »Julius, Alter, du lebst!«

Aus der Badewanne? Wahrhaftig. Dort drin lagen die Reste von Rooney, dem kleinen, untersetzten Fußballgenie und Mathelegastheniker, der einen großen Teil seiner letzten zehn Monate damit verbracht hatte, ziemlich untätig in der Schule auf dem Platz neben mir zu sitzen. Anscheinend hatte ich seine Dreadlocks und seine abgefuckten Klamotten für einen Wischmopp und einen Berg Schmutzwäsche gehalten – was weiß ich, was fremde Leute in ihre Badewannen werfen?

»Rooney! Gott, bin ich froh, dich zu sehen. Wo zur Hölle sind wir?«

»Was?«, rülpste Rooney. »Ich dachte, wir sind bei dir!«

»Sieht das hier so aus wie bei mir?«

»Was weiß ich! Du siehst ja auch nicht aus wie du.«

»Sondern?«

»Wie Ozzy Osbourne in zwanzig Jahren.«

»Sahst auch schon mal besser aus.« Ich schloss die Tür, ließ die Hose runter und hockte mich aufs Klo. »Wer ist die Frau in der Küche?«

»Hier gibt's 'ne Küche?«

»Vergiss es.« Ich zog das Klo ab, die Hose rauf, die Nase hoch und spuckte ins Becken.

»Igitt!«, machte Rooney und begann umständlich, sich aufzurappeln. »Und jetzt raus, ich muss auch mal pinkeln.« Rooney konnte nämlich nicht, wenn noch jemand im Raum war. Ein echtes Problem.

Mit triefenden Haaren stand ich im Flur.

»Guten Morgen, Julius«, rief die Frau aus der Küche. Ich musste mich stellen. Also trottete ich zu ihr.

Die Küche war groß und hell. Altbauwohnung mit hohen, stuckverzierten Decken. Von draußen stach grell die Sonne herein. Die Frau saß auf einer Eckbank an einem großen alten Tisch und rührte in einer Tasse herum. Sie mochte Anfang zwanzig sein, hatte kurzes schwarzes Haar und trug nichts außer einem Slip, einem weiten Herrenoberhemd und einem ziemlich amüsierten, wenn nicht gar spöttischen Lächeln auf ihren Lippen. Und diese Lippen kannte ich. Aber woher, zur Hölle? Sie jedenfalls kannte meinen Namen. Ich musste was sagen.

»Guten Morgen.«

»Kaffee, Kippe, Aspirin?«, erwiderte sie.

»Alles drei, aber umgekehrt. Wär super.«

Ich setzte mich auf einen Stuhl, sie erhob sich und

öffnete einen Schrank. Mitten in der Bewegung hielt sie inne und sah mich an. »Du erinnerst dich an nichts. Hab ich recht?«

Hab ich recht? Hab ich recht? Dieses bescheuerte *Hab ich recht?* – ich fand es so gewollt erwachsen, ich hasste es, wenn Lena so von oben herab mit mir sprach, ich hatte mich schon öfter gefragt, von wem sie das wohl haben mochte. Und ... plötzlich fiel mir alles aus dem Gesicht: Sie hatte es von ihrer Schwester, und diese Schwester war fünf Jahre älter als sie, sie studierte, sie war gestern Abend auch auf der School's-out-Party gewesen. Sie lebte irgendwo hier in der Stadt, Lenas Schwester, sie hieß Clara und sie stand soeben vor mir und reichte mir ein Glas mit Wasser, in dem aufmunternd zischend und sprudelnd eine sich auflösende Aspirintablette tanzte. Der Geruch stieg mir in die Nase und blies augenblicklich einen Teil des Schleiers fort.

»Danke ... Clara«, murmelte ich und trank das Glas in großen Schlucken aus.

Claras Lächeln veränderte sich leicht, es bekam jetzt etwas Nachsichtiges.

Ich gestand: »Ich bin total im Eimer. Ich glaube, ich hab noch nie so viel gesoffen wie gestern. Ich hab einen kompletten Filmriss, kann mich echt an ein paar Sachen nicht mehr erinnern.«

»Zum Beispiel, wie ihr hierhergekommen seid«, fragte sie, »du und Rooney?«

Ich nickte.

»Lena hat ein gutes Wort für euch eingelegt«, berichtete Clara und ich staunte. Ein gutes Wort eingelegt? Lena? Für uns? Was war passiert? War Lena etwa auch total voll gewesen? Oder war ein Wunder geschehen?

»Ich war dafür, dass wir euch beide in ein Taxi setzen und zu dir nach Hause schicken«, fuhr Clara fort. »Aber Lena meinte, dein Vater würde dir den Kopf abreißen, wenn er dich so sieht.«

»Stimmt«, murmelte ich und stellte ihn mir vor, Professor Doktor Armin Ziebel, Inhaber eines Lehrstuhls für Wirtschaftsmathematik und eines Sohnes, der vor einem halben Jahr seine Liebe zu alkoholischen Erfrischungsgetränken entdeckt hatte.

»Er würde mir den Kopf sogar abreißen, wenn er mich jetzt sähe, am Morgen danach. Wobei das auch nicht das Schlechteste wäre.« Ich lächelte schwach. »Mir den Kopf abreißen, meine ich, der tut so furchtbar weh. Aber erzähl weiter.«

»Da gibt's nicht viel zu erzählen.« Clara winkte ab. »Mein Mitbewohner ist in den Ferien, also habe ich dir und Rooney sein Bett überlassen. Dein kleiner Freund hat es allerdings vorgezogen, in der Wanne zu nächtigen. War vielleicht auch besser so.«

»Und Lena?«, fragte ich vorsichtig. »Hat sie ... ich meine, wo ...«

»Bei mir, in meinem Bett«, stellte sie klar. Es sollte vielleicht streng klingen, kam mir aber eher belustigt vor. Höchst belustigt, um genau zu sein.

»Lena ist schon um zwölf abgehauen. Ich soll euch schöne Grüße ausrichten.«

»Um zwölf?« Ich fuhr hoch. »Wie spät zur Hölle ist es denn jetzt?«

»Halb zwei.«

O Mann. Vielleicht sollte ich mir den Kopf am besten gleich selber abreißen und stattdessen einen großen alten Wecker draufschrauben. Dann wäre ich auch immer recht schön pünktlich, würde keine frechen Widerworte geben und der Professor, der mein Vater war, könnte endlich einmal rundherum mit mir zufrieden sein. Und dann fiel es mir ein. Rundherum ... der Ring! Der Familienring! Er hatte mir diesen Ring geschenkt, gestern Nachmittag, als er mein Zeugnis gesehen hatte, die Eins in Mathe, er hatte mir diesen Ring seines Großvaters geschenkt und ich hatte ihn gedankenverloren, wie ich nun einmal bin, einfach eingesteckt. Und wieder weggelegt, in mein Zimmer, oder etwa nicht? Hatte ich ihn womöglich doch noch bei mir, als wir zur Party gefahren waren?

»Wenn ich ehrlich sein darf ...«, setzte Clara an.

»Klar, Clara«, witzelte ich und versuchte jetzt krampfhaft zu rekonstruieren, was mit diesem Ring passiert sein mochte.

»Als ich in eurem Alter war«, redete sie auf mich ein und erinnerte mich plötzlich an den Professor, »da hab ich auch mal ausprobiert, wie viel ich so vertrage, das ist mit fast sechzehn okay, finde ich.«

»Ja, danke«, sagte ich abwesend. Rooney. Er hatte mit

dem Ring herumgespielt, es war auf der Party gewesen, er hatte allen gezeigt, was aus Leuten wird, die eine glatte Eins in Mathe haben, es war zum Totlachen, er konnte meinen Vater wirklich gut imitieren und er hatte jedem, der in unsere Reichweite kam, ein kleines Kabarettstück vorgespielt: der Professor als Gandalf, der weiße Magier, und ich, Julius Ziebel, war der Hobbit, der Ringträger. Es war zum Totlachen gewesen. Anschließend musste er wohl, ich hatte nicht weiter darauf geachtet, den Ring eingesteckt haben.

»Aber es ist eine Sache, sich mal mit seinen Kumpels volllaufen zu lassen«, redete Clara weiter, »und es ist eine andere Sache, sich auf so einer Party hemmungslos zu besaufen, wo die halbe Stadt dabei ist. Und wo das Mädchen dabei ist, auf das man steht.«

Jetzt grinste sie mich an.

Wo zur Hölle war dieser Ring? Wenn ich ihn wirklich verloren hatte – so viele Körperteile hat der Mensch gar nicht, um sie ihm, also mir, alle abzureißen.

»Oder?« Sie grinste noch immer.

»Oder was?«, fragte ich, jetzt ein wenig gereizt, zurück.

»Oh, Entschuldigung.« Clara hob abwehrend die Hände. »Ich wollte dir nicht zu nahe treten. Ich meine nur, es ist doch klar, dass du auf Lena stehst, das sieht ja 'n Blinder. Und das ist es, was ich sagen wollte: Du findest es vielleicht cool, so viel zu trinken, aber fünfzehnjährige Mädchen eben nicht.«

»Ach nein?« Okay, sie konnte nichts für meinen Schädel oder das Problem mit dem Ring oder dafür, dass ich es mit Lena gestern total verbockt hatte. Aber außer ihr war halt gerade niemand da, an dem ich meinen Ärger auslassen konnte. »Und ab welchem Alter finden Mädchen das cool?«

Clara lachte wieder. Sie nahm mich kein bisschen ernst. Jetzt verstand ich die Redensart: Du hast wohl einen Clown gefrühstückt. Das hier war nämlich das Frühstück und ich war der Clown.

»Lassen wir das«, brummte ich.

Rooney kam hereingewankt und ließ sich matt auf die Bank fallen.

»Clara, Rooney«, stellte ich aus Witz vor, »Rooney, Clara.«

Sie lachte wieder. Zwei Clowns. Der kleinere der beiden Clowns hatte in etwa die Gestalt von Wayne Rooney, dem englischen Fußballer, und er war ein halbwegs guter Stürmer. Nur seine Haare, völlig verfilzte Dreadlocks, passten nicht ganz dazu. Aber seinen anderen Spitznamen, der da Wurstsalat lautete, mochte er nicht. Also Rooney. In Wirklichkeit hieß er Harald. Ist klar, dass da ein Spitzname hermuss, oder? Rooney hatte gestern eine seiner liebsten, sprich abgefucktesten Jeansjacken getragen. Und in einer Innentasche dieser Jeansjacke war – bitte, bitte, lieber Gott! – noch immer dieser Ring.

»Wo ist deine Jacke, Rooney?« Der schneidende Klang meiner Stimme überraschte mich sogar selbst.

Er glotzte mich verständnislos an.

»Deine Jacke, Rooney! Der Ring!«

»Der Ring?« Er starrte wie ein Irrer. Oder wie ein normaler Typ, der einem Irren gegenübersitzt, was weiß ich. Dann fing sein Hirn zu arbeiten an. An Tagen wie diesen ist der Arbeitsspeicher immer sehr überlastet, ich weiß, und es sah gerade wie ein Systemabsturz aus, als sich seine Miene aufhellte.

»Der Ring«, rief er, »klar.« Und dann imitierte er wieder meinen Vater: »Dieser Ring, mein Sohn, hat deinem Urgroßvater gehört. Ich habe ihn mit fünfzehn Jahren von meinem Vater erhalten, weil ich die vollkommene Form und die Schönheit der Zahl Pi allmählich zu erahnen begann. Nun bist du fünfzehn und hast eine Eins in Mathematik, und deshalb sollst du diesen Ring erhalten.«

»Ja, ja«, schimpfte ich. »Dann sei so gut und trag mal die vollkommene Form deiner Jacke hierher, in der hoffentlich dieser Ring noch drin ist, sonst kann ich nur allmählich erahnen, was der Professor mit mir anstellen wird.«

»Nicht so viele Worte auf einmal«, wehrte sich Rooney gequält, rappelte sich auf und holte seine Jacke aus der Badewanne, wo sie ihm als Kopfkissen gedient hatte.

»Seid ihr immer so lustig, Jungs?«, wollte Clara wissen.

»Ja. Macht zehn Euro«, knurrte ich. Sie lachte immer mehr.

Rooney kam zurück. In der einen Hand hielt er die Jacke. Sein Gesicht war wie versteinert. Die andere Hand steckte regungslos in der Jackentasche, es sah aus, als mache er eine Faust.

»Er ist nicht drin«, sagte ich tonlos.

»Richtig«, antwortete er. »Aber das ist nicht alles.«

Langsam, wie in Super-Slow-Motion, zog er seine Faust aus der Jackentasche und starrte ungläubig auf das Bündel zwischen seinen Fingern. Er sah zu mir, dann wieder auf seine Hand.

»Fette Scheiße«, entfuhr es ihm. »Es ist genau das, wonach es sich anfühlt.«

Ich kniff die Augen zusammen und öffnete sie wieder.

»Fühlt es sich so an, wie es aussieht?«

Rooney nickte und öffnete die Hand. Ein paar Zweihundert-Euro-Scheine segelten auf den Küchentisch.

»Diese Lady von gestern Abend«, murmelte Rooney. »Die hat deinen Ring, glaub ich.«

»Was zur Hölle soll das?«, stöhnte ich. In meinem Kopf begann sich wieder alles zu drehen. »Wer klaut einen Ring und bezahlt dafür?«

Rooney ließ sich wieder auf die Eckbank fallen.

»Es war so«, begann er und schaute irgendwohin an die Decke, als liefe dort oben unser Film von letzter Nacht. »Wir haben gerade darüber geredet, wie man Frauen am besten anspricht, da hat die uns angequatscht. Sie stand direkt neben uns an der Theke, weißt du noch? Ich glaube, du warst sogar ziemlich beeindruckt von ihr.«

»Unsinn«, empörte ich mich. »Diese Asi-Braut?«

»Doch, doch.« Rooney schien sich ganz sicher zu sein.

»Plötzlich ist sie abgehauen, weil Lena zu uns rüberkam, und du hast dich geärgert, weil du ihr noch nicht mal gesagt hast, wie du heißt. Ihr Name war … irgendwie Jacky oder Joey. Ja, Joe, glaub ich. Und ich bin dann hinter ihr her. Hast du doch mitgekriegt. Sie hat mir sogar einen Kuss gegeben und dann ist sie ohne jedes weitere Wort mit so ’nem fiesen Kerl abgezogen.«

»Ach, Unsinn«, knurrte ich, obwohl sich die Bilder, während Rooney die Sache schilderte, genau so in meinem Kopf wiederherstellten. Er hatte recht.

»Und während sie dich geküsst hat, hat sie dir den Ring geklaut«, grübelte ich. »Und hat dir dafür Geld zugesteckt. Das passt doch nicht zusammen!«

»Dreitausendachthundert«, sagte Clara plötzlich. Wir fuhren zu ihr herum. Zwischenzeitlich hatten wir total vergessen, dass sie überhaupt im Raum war.

Rooney zählte sinnloserweise noch einmal nach.

»Dreitausendachthundert«, bestätigte er. »Ob wir dafür so einen Ring kriegen?«

»Ach, Unsinn, Mann!« Ich begann mich zu wiederholen. »Erstens weiß der Professor haargenau, wie dieser – und *nur* dieser! – Ring aussieht, und er wird ihn sehen wollen. Früher oder später, da fragt er mich: Warum trägst du nie den Ring, mein Sohn? Und zweitens, Mann: Wem auch immer das Geld gehört, er wird es wiederhaben wollen.«

Rooney grinste plötzlich, dann schob er mir einen der Scheine herüber.

»Rufen wir die Lady an«, meinte er.

Ich hob den Geldschein auf und drehte ihn in den Fingern hin und her. Dann sah ich es. Mitten auf das Motiv der Brücke war mit Kugelschreiber eine Handynummer gekritzelt. Das war mir jetzt endgültig zu absurd. Ich sprang auf und rief: »Okay, ihr könnt rauskommen mit eurer versteckten Kamera!«

Ich sah Clara an. Sie sah mich an. Ich erkannte an ihrem Gesichtsausdruck bereits, dass ich mich irrte, noch während ich sagte: »Komm, gib's zu. Lena steckt dahinter, oder? Das ist doch irgendeine besonders komplizierte Verarsche.«

»Nein«, sagte Clara ernst.

Ich ließ mich wieder auf den Stuhl fallen.

Rooney zog die Augenbrauen hoch, wie ich es sonst nur bei ihm sah, wenn wir in Latein einen unangekündigten Vokabeltest schrieben.

»Mann«, seufzte er. »Ich schätze, wir haben Ärger am Haken.«

#2 Fundsachen

Die Sache fing an einem Mittwochmorgen an. Wenn ich mich richtig erinnere. Ich verwechselte manchmal die Wochentage, seit ich vor zwei Jahren die Schule so gut wie geschmissen hatte. Seitdem war ich ganz gut ins Geschäft gekommen, vor allem mit Walter Wagner, dem schleimigen Wichser.

Walter Wagner hatte ein großes Haus, einen großen Pool und einen großen Bauch, auf dem er immer die Hände faltete, während er mich durchdringend musterte. Auf seiner Glatze perlte Schweiß, egal, ob es Sommer oder Winter war, Abend oder Morgen, und sein Blick hatte einen idiotischen Glanz vor lauter Geilheit. Er stand auf junge Mädchen; nicht auf Kinder, aber auf Achtzehn-, Neunzehn- oder Zwanzigjährige, für deren Fleisch er bestimmt die Hälfte seiner Kohle ausgab. Ich bin sicher, er hielt mich auch für achtzehn. Jeder hält mich für älter, obwohl ich gar nicht so aussehe. Wahrscheinlich wegen der Art, wie ich so wirke. Wenn du da herkommst, wo ich herkomme, wirst du entweder früh erwachsen – oder gar nicht.

An diesem Mittwochmorgen stierte mich Wagner mit seinem geilen Blick an, die Hände auf seinem nackten, schmierigen Bauch gefaltet. Zwischen ihm und mir auf dem Marmortisch lagen säuberlich aufgereiht zwanzig Zweihundert-Euro-Scheine. Mein Finderlohn für das Zeug, das ich in letzter Zeit aufgelesen hatte: fünf Autoradios, zwei Lederjacken, ein Notebook, eine Rolex.

Ich rauchte und guckte zurück. Ich hatte mir antrainiert, Blicken standzuhalten. Blicken von Wichsern, die dich verprügeln wollen wegen Kohle, wegen Kippen oder nur so zum Spaß, Blicken von Wichsern, die du selber verprügeln oder bescheißen willst oder beides, und Blicken von Wichsern, mit denen du Geschäfte machst.

»Die Jacken«, sagte Wagner und kratzte sich am Bauch, »wenn du noch mehr von denen hast – ich bin interessiert.« Er grinste feist. »Bei den Klamotten beginnt jetzt die Wintersaison, du verstehst.«

Es war Juli und die Morgensonne brannte schon heiß auf Wagners große Terrasse, auf der wir uns gegenübersaßen. Der Kerl schwitzte.

»Wenn du magst«, sagte er nun, »können wir im Pool ein paar Runden drehen, na, wie wär's?«

Ich drückte meine Kippe im Aschenbecher aus.

»Kein Problem, wenn du keinen Badeanzug hast«, fügte er hinzu. »Hier kann uns niemand sehen.«

Ich sammelte die Scheine ein und stand auf.

»Ich leg noch einen drauf«, sülzte er. Ich wunderte mich, dass ihm keine Speichelfäden aus dem Maul hingen.

»Heute nicht«, wehrte ich ab, faltete die Scheine und schob sie in meinen linken Turnschuh. »Irgendwann anders, vielleicht.« Das sagte ich immer.

Er lachte, das heißt, er grunzte eigentlich, aber es sollte ein Lachen sein.

»War mir wieder eine Freude, mit dir Geschäfte zu machen, Joe, mein Mädchen«, sagte er noch und winkte mir zum Abschied. Den Weg nach draußen kannte ich.

Joe, mein Mädchen. Ich hatte schon mal mit dem Gedanken gespielt, ihm wirklich einen zu blasen, ihm dann mein Geburtsdatum im Ausweis zu zeigen und ihn fett zu erpressen. Ich meine, hey: Als Kinderficker im Knast zu landen, dagegen ist Guantanamo das reinste Disneyland, das müsste einem wie Wagner schon eine fünfstellige Summe wert sein, wenn ihm das erspart bliebe. Aber ich habe Grundsätze, eine ganze Menge sogar, und einer heißt eindeutig, dass ich keine alten Schwänze lutsche, nicht im wörtlichen und nicht im übertragenen Sinn.

So stand ich also auf dem Kiesweg vor Wagners dickem Haus, es war noch nicht mal zehn Uhr an diesem Julimorgen, ich hatte ordentlich Kohle verdient und fragte mich, was der Tag noch so bringen sollte.

Ich war eine Königin in solchen Momenten. Es war ein irres Gefühl, so einen Haufen Kohle dabeizuhaben. Ich musste das Geld niemandem zeigen, musste mir keine Nobelklamotten kaufen oder Schmuck oder weiß der Geier was, um nach Kohle auszusehen. Mir reichte es, welche zu haben. Es reichte mir zu wissen, ich könnte jetzt sofort in irgendeine beknackte Boutique gehen mit meinen kurzen Strubbelhaaren, meiner DDR-Style-Trainingshose und meinem ärmellosen Top, wo man das komplette Schlangentattoo auf meinem linken Oberarm sehen konnte, und irgendein dämliches Kleid für viertausend Euro kaufen.

Ich war also eine Königin an diesem Julimorgen, und was lag da näher als ein ausgedehntes Frühstück bei *Burger King*? Ich fand es jedes Mal geil, wenn ich morgens um zehn da aufkreuzte und mir Burger und Fritten bestellte. Die Bedienungstürken glotzten blöde, dass ich kein Frühstück wollte, und die paar frühen Gäste tuschelten über das komische Mädchen, sicher Schulschwänzerin oder arbeitslos oder vielleicht einfach nur eine kleine Hure vom Babystrich. Ich aß und las in der *BILD*, die jemand vor mir an diesem Tisch liegen gelassen hatte, und hörte kaum das kurze Brummen von der Vibration meines Handys, das ich immer lautlos stellte. Die SMS stammte von Wladimir und wollte mich daran erinnern, dass ich ihm und seinem dämlichen Kumpel Michail noch fünftausend Euro schuldete. Ich legte das Handy weg, schob die Zeitung zur Seite und kaute nachdenklich weiter. Das Königinnenfeeling war weg.

Das mit den Russen war einfach scheiße gelaufen, ich hatte mich total blind darauf eingelassen, kurz nachdem das mit Neo passiert war. Ich spielte mit einer Pommes in der Pfütze von Ketchup herum, die aus dem Whopper auf die Papierserviette getropft war. Neos Gesicht tauchte vor meinem inneren Auge auf – jedenfalls die Umrisse. Denn für mich verschwamm es mit jedem Tag mehr. Vor fast einem Jahr hatten ihn die Bullen gekriegt und er war für achtzehn Monate eingefahren, und weil er damals so ätzend zu mir gewesen war, hatte ich den Kontakt zu seinen Jungs abgebrochen. Ich dachte an das alte Walzwerk draußen am Stadtrand, die halb verfallene Fabrikruine, wo Neo und die Jungs die Hälfte ihrer Zeit verbrachten, um sich gegenseitig ihre gefilzten Karren vorzuführen, zu kiffen, Teile einzuwerfen und bis in den Abend rein die Farbenspiele zu genießen, bevor es wieder auf Tour ging. Am alten Walzwerk war die Welt noch in Ordnung, man konnte ungestört abhängen, Blödsinn machen und sich ein eigenes Leben ausdenken. Fast wurde ich wehmütig bei dem Gedanken an den Sommer im letzten Jahr. Ich kaute lustlos auf den Pommes herum, die inzwischen kalt waren, während meine Gedanken zwischen dem Walzwerk, den Russen und dem Geld hin und her wanderten. Im alten Walzwerk gab es tausend ideale Verstecke. Vielleicht konnte ich die Kohle da irgendwo zwischenparken, bis mir was einfiel, wie ich die Russen aufs Kreuz legen konnte. Denn ich hatte keine Lust, denen mein hart verdientes Geld einfach so abzudrücken.

Ich ließ also meine kalten Fritten und den angebissenen Whopper stehen und nahm den Bus raus aus der Stadt. Ich kaufte sogar ein Ticket, weil ich mit so viel Kohle am Leib nicht auffallen wollte. Allerdings hätte ein Fahrscheinkontrolleur hier eh keine Chance gehabt, denn der Bus war voll von Schülern, die laut über ihre Noten und Zeugnisse, Flugreisen und Ferienlager redeten. Anscheinend war wieder mal ein Schuljahr aus.

Der Bus leerte sich, je weiter wir aus der Stadt rauskamen, und an der Haltestelle vor dem Fabriktor stieg außer mir niemand aus. Das Tor stand offen. Zum ersten Mal. Ich zögerte, wählte dann aber doch den üblichen Zugang, den ich von damals kannte. Die Fabrikmauer zog sich über zweihundert Meter an der Landstraße entlang, bevor sie abbog und parallel zu einem Feldweg von der Straße wegführte. Der Feldweg war schmaler, als ich ihn in Erinnerung hatte. Es gab gerade mal einen Meter Platz zwischen der Mauer auf der einen und dem Maisfeld auf der anderen Seite. Hier war wohl schon lange kein Auto mehr entlanggefahren. Nach noch mal zweihundert Metern stießen Feld und Mauer an den Waldrand, wo auf der Rückseite der Fabrik der Weg weiterging. Auch hier keine Reifenspuren. Schließlich erreichte ich die Mauerlücke, wo wir früher mit den Karren aufs Gelände gefahren waren. Irgendwer hatte sie mit Brettern zugenagelt. Was auch immer dahinter vor sich ging: Meine schöne heile Walzwerkwelt gab es nicht mehr, das wurde mir in diesem Augenblick klar. Kurz entschlossen kletterte ich über die Mauer und sprang auf das Fabrikgelände. Das meiste sah wie früher aus – die verwitterten Gebäude aus rotem Backstein, zwischen den Gebäuden Straßen aus aufgeplatztem Asphalt, auf denen der Löwenzahn blühte. Aber die große Fabrikhalle war komplett neu gestylt. Man hatte alle Scheiben wieder eingesetzt, das Vordach ausgebessert und ein riesiges Schild drangehängt: *Walzwerk – Die Kulturfabrik*. Vor dem Gebäude stand ein Getränkelieferwagen und ich sah Typen, die Fässer und Kisten mit Cola und Limo ins Haus schleppten. Als ich näher kam, blieb einer stehen und sagte: »Ich hab dich gar nicht durchs Tor kommen sehen. Was machst du hier?«

»Rumstehen und gucken«, gab ich zurück.

»Ist noch zu«, sagte der Typ. »Komm heute Abend wieder. Party ist erst ab acht.«

Jetzt sah ich die Plakate. *School's-out-Party für Schüler und Studenten*. Ich trollte mich. Diese Arschlöcher hatten aus dem alten Walzwerk, aus *meinem* alten Walzwerk, eine Partylocation gemacht.

Komm heute Abend wieder. Warum eigentlich nicht? Schließlich hatten wir hier schon Party gefeiert, als noch Efeu in den leeren Fensteröffnungen wuchs, dort, wo jetzt blitzblanke Glasscheiben mit bunten Aufschriften prangten. Ja, das wollte ich mir mal ansehen. Ich war schon ewig auf keiner Party mehr gewesen. Und außerdem, hey: Das wäre der letzte Ort, wo die Russen mich heute Abend vermuten würden – falls sie mich überhaupt ernsthaft suchten.

Als ich abends wieder ankam und die Leute sah, hatte ich allerdings schon fast keinen Bock mehr. Je krasser die Klamotten-Labels, desto Gymnasium. Und man sah auf den ersten Blick, wer dieses Jahr Abi gemacht hatte, die Leute benahmen sich wie die Herrscher des Universums. Ein paar Hauptschultussis mit ihren Typen stachen aus der Menge hervor: Die Jungs sahen alle aus wie Gangsta Rapper und die Mädchen wie ein explodierter Friseurladen. Ich wusste plötzlich wieder, warum ich schon so lange auf keiner Party mehr gewesen war. Mir gingen einfach die Leute auf den Keks. Aber hey: Jetzt war ich schon mal hier, also wollte ich wenigstens was trinken. Es waren locker vierhundert Leute hier, viele standen draußen rum und soffen Alkopops, die sie selber mitgebracht hatten. Drinnen war der Laden ganz schön rausgeputzt. Sie hatten einen neuen Boden verlegt (letzten Sommer wuchs hier Wildgras und Farn) und einen riesigen Thekenbereich gebaut. Ich quetschte mich also an die Theke. Rechts von mir tuschelten zwei Tussis aufgeregt miteinander, während sich links von mir zwei Typen wegen irgendwas in die Wolle kriegten. Die vier schienen zusammenzugehören, aber es störte sie offenbar nicht, dass ich mich dazwischengedrängt hatte. Ich drehte mir eine Kippe. Eine Kellnerin mit Augenbrauenpiercing beugte sich zu mir rüber.

»Whiskey-Cola«, bestellte ich.

Sie schüttelte den Kopf.

»Hartes Zeug gibt's hier nicht«, erklärte sie. »Du kannst von mir aus Cola mit Bier haben.«

»Da kann ich ja gleich Gülle trinken«, knurrte ich und machte mir die Kippe an. »Gib mir 'n Bier.«

»Zum Beispiel die da«, hörte ich jetzt einen der beiden Typen links sagen, der schon die ganze Zeit auf seinen Kumpel einredete. Ich war mir nicht sicher, aber irgendetwas sagte mir, dass er mich gemeint hatte. Ich musterte ihn. Er war ein kleiner, untersetzter Kerl mit Dreadlocks und er schien den anderen, einen blonden, pickelgesichtigen Typen, dringend von irgendwas überzeugen zu müssen. Beide waren höchstens fünfzehn, aber voll wie Pisseimer, und so wurde der Dicke mit den Dreadlocks immer lauter.

»Nur eine Frage der Technik«, beschwor er den anderen. »Probier's doch an irgendeiner Frau mal aus, zum Beispiel an der da, wie gesagt.«

»Bitte, dein Bier.« Die Kellnerin reichte mir ein Glas über die Theke.

Ich nahm einen Schluck, dann drehte ich mich zu den beiden Typen hin und fragte: »Na kommt schon, zeigt mir mal, was ihr technisch so draufhabt.«

Pickelface zuckte zurück und der Dicke klappte bloß seinen Mund auf und wieder zu.

»Ich hab nur gesagt ...«, stotterte er, stierte mich an und brach dann ab.

Ich hab keine Ahnung, warum ich nicht einfach mein Bier trank und mich verzog. Irgendwas an den beiden reizte mich dazu, ein bisschen mit ihnen zu spielen.

»Es geht darum, wie man Frauen klarmacht, oder?«, spekulierte ich.

Der Dicke wedelte mit der Hand, als könnte er meine

Worte wegscheuchen. Pickelface lachte plötzlich und meinte: »Ha, immerhin redest du schon mal mit uns, Technik hin oder her.«

»Stimmt«, nickte ich. »Und wie geht's weiter? Fragst du mich denn jetzt mal nach meinem Namen oder so?«

»Ach ja.« Er musste sich am Tresen festhalten, um nicht einfach umzufallen. Ich fragte mich, wie viel Geld die beiden wohl bei sich hatten. Sie waren stinkreich, und zwar beide, das sah ich sofort. Pickelface mit seiner Dieseljeans und seinem obercoolen Partyhemd und auch der Dicke mit den Dreadlocks, der so gewollt auf abgefuckt machte, dass ihm die Kohle von Daddy fast aus den Ohren quoll. Vielleicht konnte ich hier schnell noch ein paar Euro abgreifen.

»Okay, wie heißt du?«, wollte der Dicke wissen.

»Joe«, sagte ich. »Und jetzt musst du sagen, wie du heißt. Und dann fragst du mich, ob ich öfter herkomme, und dass du mich hier noch nie gesehen hättest, weil du dich sonst ganz bestimmt erinnern könntest. Und dass du eigentlich nie einfach so ein Mädchen ansprichst, aber dass das bei mir anders ist. Und ob ich eigentlich allein hier bin.«

Die beiden besoffenen Jungs sahen mich total verwirrt an. Anscheinend war das jetzt ein bisschen viel und schnell gewesen für ihren Zustand.

»Ob du öfter herkommst?«, wiederholte Pickelface. »Aber der Laden hat doch erst seit letzter Woche auf.«

Ich musste lachen. Irgendwie fand ich die Antwort

dermaßen dämlich, dass sie schon wieder cool war. Ihm gefiel es wohl, dass er mich zum Lachen gebracht hatte. Er grinste, wenn auch etwas blöde mit seinem zugesoffenen Kopf, und sagte schließlich, indem er auf seinen Kumpel zeigte: »Das hier, das ist Rooney. Aber du kannst ihn Harald nennen, das ist sein Spitzname.«

Dabei schlug er sich auf die Schenkel, als hätte er den Witz des Jahrhunderts gemacht.

Ohne dass ich es bemerkt hatte, waren die beiden Tussis aufgetaucht, die gerade noch hinter meinem Rücken an der Theke gesessen und miteinander getuschelt hatten. Sie sahen ein bisschen wie Zwillinge aus, allerdings wie altersverschiedene Zwillinge. Beide wirkten athletisch, die Ältere, so um die zwanzig, schätze ich, hatte kurzes schwarzes Haar, ihre jüngere Schwester trug es schulterlang. Die Jüngere stemmte die Hände in die Hüften und verzog ihre Lippen zu einem Schmollmund, wobei sie Pickelface herablassend musterte. Solche Tussen kannte ich gut, Marke: Gymnasium, Vater Anwalt oder Arzt, ein Pferd, eine Katze, Klamotten wie die Queen, keinen Bock auf Sex, aber immer möglichst viele Jungs heißmachen. Pickelface zog innerlich den Schwanz ein, als hätte die Tussi ihm eine verpasst, jedenfalls guckte er so. Die große Schwester ließ währenddessen ihren Blick an mir herunter- und wieder hinaufgleiten, als hätte ich drei Köpfe, Krakenarme und wäre gerade erst mit meinem Raumschiff gelandet. Ich drehte mich weg und erstarrte. Über den Köpfen der Leute, die sich im Eingangsbereich drängten, tauchte der kantige, kurz geschorene Schädel von Wladimir auf. Im selben Moment erkannte er mich und war offenbar genauso verblüfft, mich hier zu sehen, wie ich, dass er hier auftauchte. Und wo Wladimir war, da streunte auch sein Schoßhund Michail rum.

»Ich glaub, ihr habt da was untereinander zu besprechen«, sagte ich schnell, drückte die Kippe im Aschenbecher aus, schob mich zwischen den beiden Schwestern durch und verschwand Richtung Klo.

Wladimir fixierte mich entschlossen und bahnte sich einen Weg in meine Richtung, wobei er immer wieder Leute ziemlich unsanft zur Seite schubste. Ich erreichte das Klo und erkannte sofort die Sackgasse. Die Fenster waren vergittert und außerdem so hoch unter der Decke, dass ich eh nicht drangekommen wäre. Ich schloss mich in eine Kabine ein und nestelte das Geld aus meinem Schuh (also das, was nach Pommes, Whopper, Busticket und Partyeintritt übrig war). Ich setzte mich auf den Klodeckel, legte den Kopf in den Nacken und starrte die Decke an. Es war schon kein Vergnügen, mit den Russen bloß Geschäfte zu machen. Mit ihnen Ärger zu kriegen konnte gefährlich sein. Ich fragte mich, ob ich vor denen bloß Respekt hatte oder Schiss oder richtige, echte Angst. Wladimir hatte mir früher mal an die Titten gepackt. Ich hatte ihn daraufhin nur angesehen und gesagt: »Wenn du mich noch ein Mal anfasst, bring ich dich um, verstehst du mich? Und wenn es Jahre dauert, wenn ich die ganze Welt nach dir umkrempeln muss, wenn ich ein paar Faschos anheuern muss, wenn es das Letzte ist, was ich jemals tun werde – eines Tages ist der Moment da, wo du dich nicht wehren kannst, dann schneid ich dir die Eier ab und den Hals durch, und zwar in dieser Reihenfolge.«

Er hatte mir daraufhin die krasseste Ohrfeige meines ganzen Lebens verpasst, aber er hat mich nie wieder so angepackt, wie Männer Frauen anpacken wollen.

Plötzlich kam mir eine total verrückte Idee. Ich zog den Kuli aus der Hosentasche, den ich immer bei mir trug, dann kritzelte ich auf einen der Scheine meine Handynummer. Ich atmete noch einmal tief durch und öffnete die Kabine, die Scheine in meiner Hand zusammengeknüllt. Wladimir war nicht im Vorraum, aufs Frauenklo traute er sich natürlich nicht.

Und als hätte er meine Gedanken gelesen, stand draußen im Gang plötzlich Rooney, der kleine Dicke mit den Dreadlocks, vor mir.

»Er heißt Julius«, lallte er und sah mich dabei so doof und zugleich so treu ergeben an, dass ich trotz der Situation lachen musste. »Wollte ich bloß noch sagen, damit du nicht abhaust und denkst, wir hätten dich nur verarscht.«

Logisch war daran praktisch nichts, dachte ich, aber es war irgendwie süß.

»Nee«, antwortete ich, »weil – ich hab *euch* ja die ganze Zeit verarscht.«

»Genau«, nickte Rooney.

Und zu seiner völligen Überraschung nahm ich ihn in den Arm und gab ihm einen Kuss auf die Wange. Während mein linker Arm um seine Schulter fasste, fuhr mein rechter Arm blitzschnell in seine Jeansjacke. Ich sagte ja schon, es war ein verrückter Gedanke. Aber irgendwie dachte ich, dass die Kohle in diesem Augenblick da sicherer sein würde als irgendwo sonst. Meine Finger stießen unerwartet gegen etwas Hartes und ich griff wie in einem Reflex zu, spürte einen kleinen runden Gegenstand, einen Ring, vielleicht mit einem Stein darauf, und ließ ihn in meine Hosentasche gleiten, das alles in Sekundenbruchteilen. Ich hatte mir anscheinend ein kleines Pfand genommen.

»So, Mädchen!«

Wladimir hatte die Schnauze voll. Er rempelte den immer noch total erstarrten Rooney zur Seite und legte stahlhart seinen Arm um mich.

»Gehen wir raus«, knurrte er und schob mich Richtung Ausgang.

»Klar«, brummte ich.

Die Leute wichen direkt vor uns zurück, fast bildete sich eine Gasse, durch die mich Wladimir nach draußen zwang, wo sein Kumpel Michail auf uns wartete. Michail war ein massiger, untersetzter Kerl, der mich immer an einen Pitbull erinnerte. Zu dritt verließen wir das Gelände vom alten Walzwerk. Sie schoben mich raus auf die Landstraße und in den Schatten der Bushaltestelle dort.

»Hast du meine SMS gesehen, Mädchen?«, fragte Wladimir in einem sehr sachlichen, beinahe freundlichen Ton.

Ich nickte.

»Hast du Geld?«

Ich schüttelte den Kopf.

»Warum gehst du dann auf Party, Mädchen, anstatt Geld verdienen?«

»Aus demselben Grund wie ihr beiden Schwuchteln, nämlich um ein paar Jungs kennenzulernen.« (Ich hatte eh nichts zu verlieren und dachte mir, wer Schwäche zeigt, den trifft es meistens härter.)

Wladimir tat einen tiefen Seufzer. »Das ist schön, Mädchen, sehr schön für dich.«

Und sein Faustschlag in meinen Magen nahm mir jede Luft, dass ich in mich zusammensackte und mich mit einer Hand am Boden abstützen musste, während er das Knie hochzog. Instinktiv drehte ich den Kopf zur Seite und spürte, wie Wladimirs Kniescheibe gegen meine Schläfe schlug. Ohne diese Drehung hätte er mir die Nase zertrümmert. Wie betäubt sackte ich zur Seite und schlug mit der anderen Schläfe auf den Betonboden. Zwischen mir und dem Boden wurde es klebrig.

Wladimir wandte sich ab, gab Michail ein Zeichen und der Pitbull zog mir die Schuhe aus und durchsuchte sie nach Geld.

»Suka!«, fluchte er, was immer das heißt, warf die Schuhe hinter sich und begann meine Klamotten zu filzen. Wladimir stand mit verschränkten Armen da und wartete. Michail fand rund hundertsiebzig Euro, was ihn nicht gerade fröhlich stimmte, und zog mir außerdem einen kleinen goldenen Ring mit einem Stein darauf aus der Tasche. Das war also das Teil, das ich dem Dicken mit den Dreadlocks abgenommen hatte.

Ich setzte mich auf. Wladimir bückte sich nach meinen Schuhen und warf sie mir zu.

»Rest nächste Woche«, sagte er. »Viertausend, achthundert und dreißig. Nicht vergessen, Mädchen.«

»Ja, du Rechengenie«, knurrte ich. »Und jetzt verkackt euch.«

Ich nahm den rechten Schuh und wollte ihn gerade anziehen, als Michail ihn mit einem gezielten Volleyschuss zehn Meter weiter beförderte. Wladimir wandte sich zum Gehen und der Pitbull folgte ihm mit glucksendem Lachen.

#3 Söhne

Es war ein komisches Gefühl, mit so viel Kohle durch die Stadt zu fahren, einfach so auf unseren Bikes. Wenn ich es mir recht überlege, hatte ich zuvor noch nie so viel Bargeld auf einmal in der Hand gehabt. Ich bekam nicht sonderlich viel Taschengeld und mein Sparbuch, mein Aktienfonds und was auch immer meine Eltern sonst noch für mich abgeschlossen hatten, waren tabu für mich, mindestens bis ich studieren oder Vater werden oder einen Nobelpreis kriegen würde. Das, was ich wollte, musste ich mir in der Regel nicht kaufen, sondern bekam es einfach so. Also Klamotten, Handys, Notebook und so Zeug. Auf diese Weise wollten meine Eltern wohl sichergehen, dass ich mein Geld nicht in Dinge investierte, die meiner schulischen Ausbildung oder ihrem guten Ruf schädlich sein könnten. Ich bekam mehr oder weniger alles, was halbwegs nützlich erschien. Und gestern eben diesen räudigen Ring, an dessen Stelle Rooney jetzt neunzehn gelbe Geldscheine spazieren fuhr.

Das Tor zur Einfahrt unseres Hauses war verschlossen und das war ein gutes Zeichen. Ich hatte befürchtet, den

Professor zu Hause anzutreffen. Die Zeiten seiner Vorlesungen, Seminare und Kolloquien konnte ich mir nie merken. Anscheinend hatte er in der Uni zu tun. Mit meiner Mutter brauchte ich ohnehin nicht zu rechnen. Sie pflegte vormittags bei Gericht zu sein und danach bis spätabends in der Kanzlei über ihren Akten zu brüten. Ich drehte den Schlüssel im Schloss und das Gittertor schwang lautlos zur Seite. Wir fuhren das kurze Stück zum Haus hinauf. Drinnen blitzte und blinkte alles. Die Böden in den Fluren und im Wohnzimmer schimmerten feucht. Offenbar war die Putzfrau eben erst gegangen. Rooney folgte mir in mein Zimmer und warf sich auf mein Bett. Ich kramte in den CDs. Eine Art Ritual. Es gibt Leute, die, wenn sie nach Hause kommen, als Erstes in den Kühlschrank gucken, ob es etwas zu naschen gibt. Oder die als Erstes den Fernseher anmachen. Ich lege immer als Erstes eine CD auf. Ich hasse die Stille in diesem Haus, ich hasse es, wenn ich meine eigenen Schritte im Flur hallen höre. Aber ich liebe die Akustik, wenn ich zum Beispiel *Apocalyptica* auf volle Lautstärke drehe. So wie in diesem Moment.

»Bist du wahnsinnig geworden oder was?«

Rooney griff sich mit einer dramatischen Geste an den Kopf und presste ihn mit beiden Händen zusammen, als hätte er Angst, dass seine Birne sonst explodiert.

»Alter, mein Schädel!«, rief er und entspannte sich erst wieder, als ich ihm die Fernbedienung zuwarf und er die Lautstärke runterstellen konnte.

»Alles dreht sich«, jammerte er und sah mich verzweifelt an.

»Okay«, sagte ich. »Es gibt jetzt zwei Möglichkeiten. Entweder du gehst kotzen oder du kriegst eine kräftige Zufuhr an Elektrolyten.«

»Aha, und in was sind Elektrolyte drin?«

»Was weiß ich, hab ich 'ne Eins in Bio oder in Mathe? Aber wir können es mal mit Pizza versuchen.«

»Genialer Plan«, lobte Rooney und rappelte sich auf. Wir gingen in die Küche, wo mit einem gleichmäßigen, sehr beruhigenden Ton die Spülmaschine vor sich hin schnurrte, ab und an ein sanftes Gurgeln von sich gab und mir das behagliche Gefühl von Frische und Reinheit vermittelte. Im Eisfach fanden wir eine Pizza Salami, eine Pizza Spinat, eine Tüte Fritten und eine große Packung Schokoladeneis. Ich schüttete die Fritten auf ein Backblech, schob die beiden Pizzen auf zwei weitere Bleche und alles zusammen in den Ofen. Dann riss ich die Eispackung auf, holte zwei Löffel aus der Schublade und wir machten uns darüber her.

»Allmählich geht's mir besser«, seufzte Rooney und klopfte sich gegen die Schläfe, so wie man gegen einen alten Fernseher klopft, wenn das Bild zu verschwimmen droht. »Schön, wenn sich allmählich alles wieder scharf stellt.«

»Dann stell mal deinen Geist scharf und sag mir, was wir jetzt machen«, brummte ich.

Rooney lutschte grübelnd an einem wahren Schokoladeneisberg, den er mit letzter Kraft aus der Packung gehebelt hatte und nun auf seinem Löffel balancierte.

»Ich würde sagen«, schmatzte er, »als Erstes deponierst du das Geld an einer Stelle, wo es sicher ist. Dann rufen wir diese Joe an und hören, was sie eigentlich von uns will.«

»Toll«, entgegnete ich. »So weit wäre ich auch allein gekommen. Und dann? Rufen wir die Bullen? Sag ich's meinen Eltern? Oder treffen wir uns einfach heimlich mit dieser Joe, um dann was auch immer für einen Deal abzuwickeln?«

»Eins nach dem andern.« Er hatte inzwischen einen Schokoladenmund wie ein Grundschüler beim Kindergeburtstag. »Wir rufen sie an, hören, was sie zu sagen hat, und überlegen in Ruhe weiter.«

»Das kommt nicht gut«, winkte ich ab. »Ich meine, nehmen wir mal an, die schlägt uns vor, dass wir uns irgendwo treffen. Dann müssen wir doch schließlich sagen: Okay, wir kommen. Oder wir sagen halt: Treffen ist okay, aber nicht da, sondern woanders. Verstehst du? Wir können doch schlecht sagen: Ja, schön, du willst dich mit uns treffen, aber wir überlegen noch, also rufen wir gleich noch mal an. Das kommt doch nicht gut.«

»Warum kommt das nicht gut?«

»Weil wir ihr gegenüber so total unsouverän rüberkommen.« Ich fuchtelte mit meinem Löffel vor Rooneys Gesicht herum. »Wir müssen supercool sein, so als würde uns so was wie mit dem Ring und der Kohle jeden Tag passieren. Die muss uns ernst nehmen, verstehst du?«

»Mann, es geht hier nicht um ein Date mit irgendeiner Lady, auf die du stehst, es geht um eine Art Geschäft.«

»Was für ein Geschäft, zur Hölle?«, empörte ich mich. »Zu einem Geschäft gehören ja wohl zwei Seiten, zwei Geschäftspartner, verstehst du? Partner. Wobei der eine Partner dem anderen Partner nicht zum Beispiel ungefragt was aus der Tasche klaut. Nicht mal aus der Tasche einer solchen Jeansjacke.« Ich klopfte mit dem Löffel auf seine Jacke und dann leicht gegen seine Stirn. »Verstehst du?«

Unwirsch wehrte er meinen Arm ab.

»Okay, kein Date und kein Geschäft. Was stattdessen?«

»Diese Lady da, guck mal, wie geschickt die dir das Ding aus der Jacke gezogen hat, die ist bestimmt ein Profi. Und wenn die glaubt, dass wir beiden die totalen Idioten sind, dann denkt die sich, dass sie uns reinlegen kann. Und lockt uns zum Beispiel in eine Falle oder so. Deshalb müssen wir eben supercool rüberkommen.«

Rooney legte den Löffel aus der Hand und schaute zufrieden auf die Packung, von der ein knappes Drittel übrig geblieben war.

»Weniger cool als gestern Abend geht ja wohl nicht«, stellte er fest und zuckte mit den Achseln. »Wenn sie uns nicht schon gestern Abend für die totalen Idioten gehalten hat, dann passiert das heute auch nicht mehr.«

»Tja«, brummte ich und versuchte unser Gespräch zusammenzufassen: »Ich ruf sie also an, sie macht einen

Vorschlag, dann leg ich auf, dann überlegen wir zusammen, was weiter passiert.«

»Genau so«, nickte Rooney und reichte mir die Geldscheine.

Ich zückte mein Handy und tippte die Telefonnummer ein. Freizeichen. Es dauerte. Dann endlich eine weibliche Stimme: »Hey.«

»Tag, Gollum, hier ist Frodo. Ich will den Ring wiederhaben.«

Voller Stolz über meinen supercoolen Gesprächseinstieg sah ich Rooney an in der Hoffnung auf einen anerkennenden Blick. Aber der verdrehte bloß die Augen.

»Tag, Frodo«, sagte die Stimme von Joe. Ich erkannte sie wieder. »Deinen Ring würde ich dir gerne geben, aber die Orks haben ihn jetzt.«

Mist. In Sachen supercool ging diese Runde wohl schon mal an sie. Rooneys Handy klingelte. Das brachte mich noch mehr aus dem Konzept.

Die Lady am anderen Ende schwieg. Und schwieg weiter. Rooney wandte sich ab.

»Hi, Lena«, hörte ich ihn sagen. »Ja, uns geht's gut. Warum fragst du?«

Joe schwieg noch immer. Zögernd fragte ich: »Wie soll ich das verstehen? Die *Orks* haben ihn jetzt?«

»Das ist eine lange Geschichte.«

Wieder Schweigen. Rooney hörte ich sagen: »Ach, so viel haben wir doch gar nicht getrunken gestern Abend.«

Ich fragte Joe: »Und wie geht es jetzt weiter?«

»Kommt drauf an«, erwiderte sie kühl.

»Und auf was?«

Ich verabschiedete mich endgültig von supercool.

Sie antwortete: »Darauf, wie viel dieser Ring wert ist.«

Oh, meine Coolness-Chancen stiegen wieder. Ich erwiderte: »Der Ring ist Tinnef, ich hab ihn aus einem Kaugummiautomaten.«

Das war ein Filmzitat. Aber sie schien es nicht zu kennen, denn sie antwortete mit einer Spur von Resignation: »Schade. Dann krieg ich wohl auch meine Kohle von dir nicht wieder.«

Ich verstand kein Wort.

»Soll das heißen, wenn der Ring was wert wäre, würdest du ihn mir zurückgeben und dann dein Geld wieder einsacken?«

»Kommt drauf an.«

»Zur Hölle!«, rief ich aus. »Auf was?«

»Wenn der Ring mehr wert wäre als das Geld, das du von mir hast, dann wären wir quitt. Zumindest aus meiner Sicht.«

Sie lachte. Aber es war nicht dieses hämische Lachen von gestern Abend. Sie schien die ganze Angelegenheit einfach nur sehr lustig zu finden. Wäre das hier nicht diese dermaßen beknackte Situation gewesen, die es nun einmal war, ich hätte sie am Ende vielleicht noch nett finden können. Also Joe.

»Wer ist eigentlich dran?«, fragte sie unvermittelt.

»Julius Ziebel«, sagte ich verdutzt.

»Ach so. Ist das dein Ring? Ich dachte, er gehört deinem Freund, Rooney.«

»Nein«, knurrte ich. »Der hat ihn nur für mich verbummelt.«

Joe lachte wieder.

»Was soll's«, sagte sie schließlich. »Du willst den Ring, ich will das Geld. Wir sollten uns was überlegen. Können wir uns treffen?«

»Klar«, nickte ich und sah verzweifelt zu Rooney. Der stand mit dem Rücken zu mir am Fenster und diskutierte anscheinend mit Lena über irgendwas mit Alkohol und Respekt.

»Um halb sechs«, schlug sie vor. »Du lädst mich zu einem Eis ein. Im Café Minini. Kennst du das?«

»Ja, kenne ich.« Ich ruderte mit dem freien Arm in Rooneys Richtung. Aber der hatte sich in seine Diskussion mit Lena verbissen und schien mich völlig vergessen zu haben.

»Alles klar«, sagte Joe. »Dann bis gleich.«

Und aufgelegt. Rooney auch. Er drehte sich endlich wieder zu mir um und sah mich fragend an.

»Im Minini«, sagte ich matt. »Halb sechs.«

»Ah ja, prima. Alles genau wie besprochen.« Sein ironischer Ton tat mir fast körperlich weh.

»Selber prima«, schimpfte ich. »Laberst mir hier die Birne voll von wegen eins nach dem anderen und so, und in dem Moment, wo es spannend wird, drehst du dich um und führst irgendein absurdes Gespräch zwischen

Anzicken und Rumflirten. Und das auch noch mit der Frau, auf die *ich* stehe, mein Lieber! Das nenne ich mal einen prima Kumpel.«

Schmollend schloss ich die fast leere Eispackung und ließ sie wieder im Gefrierfach unseres großen Kühlschranks verschwinden.

Rooney lehnte mit verschränkten Armen am Herd und sah mich missbilligend an.

»Ich kann auch nach Hause fahren«, ließ er mich wissen.

»Ja, kannst du!«, fuhr ich ihn an. »Du hast ja mit der ganzen Scheiße hier nichts zu tun, nicht wahr? Du hast ja nur den Ring in deine Tasche gesteckt und dir von dieser Braut klauen lassen, weil du zu blöd warst, das zu bemerken. Nee, ist schon klar, Rooney. Du kannst dir hier ruhig noch die Wampe vollfressen und dann abhauen.«

»Jetzt bin ich etwa schuld, oder was? Mann, Alter! Wer ist denn auch so dämlich, ein Teil wie diesen Ring einfach in seine Hosentasche zu stecken und gleich im selben Moment zu vergessen? Und dann auf der Party plötzlich in die Tasche zu greifen: Hoppla, was hab ich denn da? Och, ist ja nur der Ring vom Uropa, nichts weiter.«

»Und wer hat bitte damit herumgespielt die ganze Zeit? Und auf meine Kosten den ganzen Laden unterhalten?«

»Ach, *das* ist also dein Problem.« Rooney lachte gequält. »Ich dachte, du würdest den selber total beknackt finden, den Ring und überhaupt die Idee, dass dein Alter dir so ein Teil schenkt. Und das nicht mal zum Geburtstag, sondern ausgerechnet zum Zeugnis, wegen ’ner Eins in Mathe. Mann, das ist doch hirnverbrannt.«

»Über das verbrannte Hirn des Professors hat hier nur einer zu urteilen, und das bin ich, sein Sohn.«

Um diesem Verdikt die nötige Autorität zu verleihen, haute ich mit der Faust gegen eine gusseiserne Pfanne, die zu rein dekorativen Zwecken an der Wand hing. Es tat weh.

»Ja, der Sohn des Professors«, spottete Rooney. »Wenn ich ein Psychologe wäre, würde ich dir garantiert sagen, dass das alles Absicht war, dass du nämlich den Ring verlieren *wolltest*, um dich endlich mal von deinem Alten abzugrenzen oder so.«

»Du bist aber kein Psychologe, sondern der Sohn eines Arztes für Ärsche!«

Schrilles Klingeln.

Wir sahen uns an. Es war der Herd.

»Proktologe«, sagte Rooney leise, aber bestimmt. »Es heißt Proktologe.«

Ich entschärfte die Klingel, und nachdem sowohl sie als auch unser idiotisches Geschrei verstummt waren, kehrte wieder das beruhigende Schnurren der Spülmaschine ein.

Ich öffnete die Ofentüre und der Pizzaduft strömte uns versöhnlich entgegen.

»Die Elektrolyte sind fertig.«

Wenig später lagen wir auf meinem Bett, aßen Pizzaecken und Fritten und ich erzählte ihm von meinem Telefonat mit Joe und kam zu dem Fazit: »Na ja, sich in einem Café zu treffen, das kann ja nicht so schlimm sein. Ich meine, da kann sie uns schlecht in einen Hinterhalt locken oder so. Ich wüsste nur zu gern, was es mit den Orks auf sich hat.«

»Das wissen wir spätestens um fünf nach halb sechs«, meinte Rooney gelassen. »Ich wüsste lieber, was es mit den Elektrolyten auf sich hat, von denen du da faselst.«

»Neulich hab ich so einen Film gesehen«, erklärte ich. »Da passiert die ganze Zeit über genau gar nichts, es hängen nur ein paar Typen in Kneipen ab und trinken Bier und erzählen sich was. Und einer verteilt immer Chips an die anderen und sagt dabei, sie sollen nicht nur trinken, sondern auch was essen, von wegen Elektrolyte.«

Rooney sah mich verständnislos an.

Ich meinte: »Ist doch irgendwie cool, oder?«

»Elektrolyte?«

»Quatsch. So rumhängen, meine ich. Den ganzen Tag. Die pennen bis mittags, dann gehen sie in die eine Kneipe, wo der eine von denen kellnert, dann in die andere, wo der andere arbeitet, hängen den ganzen Tag an der Theke bis nachts, wenn alle Läden dichthaben. Und von vorn. Also ich könnte so leben.«

»Ja, könntest du«, grinste Rooney. »Aber am Ende, Mann, wirst du doch Anwalt und übernimmst die Kanzlei deiner Mutter, und ich werde Arzt und übernehme den Laden meines Alten.«

»Fällt dir denn sonst gar nichts ein?«

»Doch, klar: Als Arzt und Anwalt haben wir nämlich die megafette Kohle, fahren geile Schlitten, reißen die geilsten Bräute auf und bauen uns dann zusammen ein geiles Haus am Atlantik unten, in Biarritz.«

Mit ausgebreiteten Armen malte er die Fassade unseres geilen Hauses am Atlantik in die Luft.

Ich entgegnete: »Hast du nicht gerade Französisch wieder abgewählt, weil du in allen vier Klassenarbeiten ’ne Fünf oder Sechs hattest?«

»Ach, wenn wir genug Kohle haben, ist es doch egal, in welchem Land wir sind und welche Sprache die da sprechen.«

»Apropos sprechen.« Ich setzte mich auf. »Was wollte sie eigentlich von dir?«

»Wer?«

»Lena.«

»Ach so, die Frau, auf die *du* stehst.« Er grinste. »Tja, sie hat es zuerst bei dir versucht, aber da war besetzt. Und da hat sie mich angerufen. Vermutlich weil sie dachte, wir beide würden immer noch bei Clara herumgammeln. Jedenfalls geht sie morgen mit Nele ins Freibad und hat gefragt, ob wir nicht mitkommen wollen.«

»Und? Wollen wir?«

»Jep.«

»Gut.«

Eine Zeit lang aßen wir schweigend weiter. Wir hatten inzwischen die letzte Nacht komplett verdaut und verfügten wieder über einen gesunden Appetit. Beim Kauen dachte ich an Lena. Sie ging in unsere Parallelklasse. Seit dem neunten Schuljahr, seit einem knappen Jahr also, hatten wir zusammen Französisch. Ich saß schräg vor ihr und hatte wenig Peil von der Materie. Und Lena hatte sich von Anfang an erbarmt und mir von hinten Vokabeln oder Formen zugeraunt. Rooney und ich hingen seitdem mit ihr und ihrer Freundin Nele in der Pause rum, waren mal zusammen im Kino gewesen und so. Ich glaube nicht, dass Rooney auf Nele stand. Er war halt dabei, weil er mein Kumpel ist und weil Freunde einen bei solchen Sachen nicht im Stich lassen. Ich schätze, das ist bei Frauen nicht anders, schließlich tauchte Lena nie ohne Nele im Schlepptau auf. Mit anderen Worten: Wir, Lena und ich, hatten überhaupt noch nie was zu zweit unternommen. Und deshalb ging es auch nicht weiter. Nichts ergab sich. Vielleicht, weil ich keine Ahnung hatte, was überhaupt.

Rooney musterte mich, aber er fragte nicht: *Was denkst du?* Er fragte vielmehr: »Wo tust du's eigentlich hin? Das Geld, meine ich.«

Ich wiegte unschlüssig den Kopf hin und her.

»Weiß nicht«, gab ich zu. »Die Kartons unterm Bett sind untauglich, da fummelt immer die Putzfrau rum, wenn sie sauber macht. In meinem Schreibtisch kann ich nichts abschließen. Und außerdem habe ich den Professor im Verdacht, dass er ab und zu mal in meinen Sachen stöbert.«

Rooney musterte mein Zimmer. Sein Blick glitt über die Poster, über den Kleiderschrank, die Stereoanlage und blieb am Bücherregal hängen.

»Versteck das Geld doch in der *Kammer des Schreckens*«, schlug er plötzlich vor, sprang auf und holte den *Harry Potter* aus dem Regal. Er blätterte die Seiten auf, ich gab ihm die Geldscheine und er schob ordentlich immer einen Schein zwischen zwei Seiten des dicken Buches.

»Und wehe, du verleihst den Schinken aus Versehen«, grinste er.

#4 Freundschaftsbecher

Punkt halb sechs betrat ich das Café Minini. Ein komplett normaler Laden, kein Nobelschuppen, wirklich nicht. Und trotzdem drehten sich die Leute zu mir um. Vermutlich liegt es an dem Tattoo, denn wenn es kühler ist und ich was mit langen Ärmeln trage, kommt das nicht so häufig vor. Ich suchte einen Tisch, wo ich mit dem Rücken zur Wand sitzen und den Eingang im Blick behalten konnte. Ich war gespannt, ob Pickelface wirklich kommen würde. Und wenn ja, ob er sich allein traute oder ob er seinen kleinen, dicken Kumpel mitbrachte. Ich war außerdem gespannt, was dann passieren würde. Alles hing davon ab, was dieser Ring wert war. Ich hatte ihn nur ganz kurz gesehen, und das war in dem dämmrigen Licht gewesen, das die von innen beleuchtete Reklametafel an der Bushaltestelle vor dem Fabriktor erzeugt hatte. Jedenfalls saß ein Stein auf dem Ring, das war schon mal gut. Okay, ich konnte mir schlecht vorstellen, dass jemand was zu einer Party mitnimmt, was wirklich wertvoll ist. Andererseits machte Pickelface insgesamt schon einen ziemlich verplanten Eindruck. Vielleicht hatte er das Teil gerade neu und wollte bei seinen Leuten Eindruck schinden, wer weiß?

»Was darf's sein?«

Die Kellnerin stand vor mir, Block und Bleistift in der Hand, ihren Kopf mit den zu einer Palme hochgebundenen Haaren schief gelegt. Sie musterte mich skeptisch.

»Einen großen Kakao mit Sahne«, sagte ich und lehnte mich zurück. »Aber kalt bitte, ist ja warm genug draußen. Und außerdem das teuerste Eis, das Sie auf der Karte haben.«

Die Kellnerin zog die Augenbrauen hoch.

»Könnten Sie das etwas genauer sagen?«

»Genauer geht's doch wohl kaum«, gab ich zurück. »Gucken Sie in die Karte, suchen Sie den Eisbecher mit dem höchsten Preis, gucken Sie zur Sicherheit noch mal rein, und wenn Sie keinen Eisbecher finden, der teurer ist als der, dann bringen Sie mir den. Nicht so schwer. Oder?«

Die Frau räusperte sich und kratzte sich mit ihrem Bleistift hinter dem Ohr, während sie vermutlich überlegte, ob sie mich lieber sofort rausschmeißen sollte.

»Das ist ein Freundschaftsbecher«, sagte sie dann.

»Na und?«

Sie klärte mich auf: »Ein Freundschaftsbecher ist für zwei Personen. Deshalb heißt er ja Freundschaftsbecher, weil er für Freunde ist. Oder für Pärchen.«

Die Sache fing an, mir Spaß zu machen.

»Ich bin selber meine beste Freundin. Und vielleicht,

wer weiß, sind wir ja lesbisch, dann wären wir auch noch ein Pärchen, ich und ich. Reicht das?«

»Sie müssen schon selber wissen, wie viel Sie essen können«, entgegnete die Kellnerin kühl, die sich leider nicht auf dieses kleine Spiel einlassen wollte. Stattdessen fügte sie hinzu: »Sie können bestellen, was Sie möchten, aber ich muss mir nicht jede Unverschämtheit gefallen lassen.«

Ich zuckte mit den Achseln und meinte: »Also, was mich betrifft, meine Bestellung wäre komplett.«

»Macht zusammen neunzehn achtzig«, stellte sie fest.

Ich nickte nur. Sie sah mich an, dann blickte sie sich hilflos um, vielleicht nach ihrem Chef oder wem auch immer, und wandte sich wieder mir zu. Als Nächstes würde sie mich wahrscheinlich fragen, ob ich überhaupt neunzehn Euro und achtzig Cent bei mir hatte. (Hatte ich natürlich nicht. Pickelface konnte mir ruhig was spendieren. So als Zinsen für mein Geld, fand ich.) Die Kellnerin sagte aber nichts mehr, sondern machte kehrt und rief ihrem Kollegen hinter der Theke etwas zu.

Mein Handy lag wie immer auf lautlos geschaltet vor mir auf dem Tisch. Das Display zeigte siebzehn Uhr zweiunddreißig. Vor dem Laden hielten zwei Typen auf lustigen Mountainbikes. Lustig deshalb, weil die Dinger mit allerlei schönen Extras bestückt waren, die kein Mensch braucht, der mit dem Bike nicht durch den Himalaja oder den Grand Canyon düst, sondern einfach durch die Stadt fährt. Durch die komplett verglaste Front des Cafés konnte ich zusehen, wie Pickelface und sein kleiner dicker Kumpel umständlich die Räder an einen Fahrradständer ketteten. Völlig nutzlose Maßnahme. Sie hatten sicher keinen Schimmer davon, wie schnell man im Vorbeigehen den einen oder anderen Schnellspanner aufkriegt und irgendwelche Komponenten mitgehen lassen kann. Kein normaler Mensch klaut ein ganzes Fahrrad. Das ist viel zu heiß von wegen Seriennummer und so weiter, dafür kriegst du in der Regel nicht mal die Hälfte von dem, was das Teil eigentlich kostet, weil du es monatelang im Keller stehen hast, bevor du dich damit auf die Straße trauen kannst. Ich kenne Leute, die klauen einfach die verschiedenen Komponenten: hier ein Sattel, da eine Bremse, dort eine Hohlkammerfelge, das Ganze an irgendeinen billigen No-Name-Rahmen geschraubt und fertig.

Na ja, die beiden Jungs hatten es inzwischen immerhin hingekriegt, ihre Bikes doppelt und dreifach versiegelt alleine draußen vor der Türe zu lassen. Jetzt kamen sie auf mich zu. Sie wirkten wieder nüchtern, fast sogar frisch, bis auf einen Rest von dunklen Ringen unter den Augen. Pickelface gab mir ungelenk die Hand. Ich sollte ihn wohl für cool halten, aber das machte es nur peinlicher.

»Julius«, sagte er steif.

»Ich weiß«, sagte ich.

Sein Kumpel Rooney nickte mir nur lässig zu.

»Hi, Joe.«

Beide setzten sich und vertieften sich erst mal in die Karte. Bloß keinen Blickkontakt. Die Jungs hatten echt die Hosen voll. Dabei war das hier doch kein Date oder so was in die Richtung.

Die Kellnerin mit der Palme auf dem Kopf tauchte wieder auf. In der einen Hand ein kleines Silbertablett mit einer Tasse Kakao, in der anderen ebenfalls ein Silbertablett, auf dem sich ein Monster von Eisbecher auftürmte. Alle möglichen Sorten, dazu fett Sahne, irgendein Likör darüber, im Eis steckten bunte Schirmchen und Wedel und ein Fächer.

Die Kellnerin stellte alles vor mich hin, legte einen Kassenbon dazu und wiederholte: »Neunzehn achtzig.«

Jetzt sah Pickelface von der Eiskarte auf und sagte: »Ich bezahle das.«

Dann widmete er sich wieder der Karte.

Die Kellnerin schob ihm gleichmütig den Kassenbon hin. Pickelface hob wieder den Kopf, fixierte die Frau mit einem eiskalten Blick und präzisierte: »Ich bezahle nachher. Wenn wir aufgegessen haben und gehen.«

Die Kellnerin zuckte ein bisschen zurück und ihre Haarpalme wippte dabei.

»Natürlich«, quetschte sie zwischen den Zähnen hervor und trollte sich.

Pickelface widmete sich wieder dem Studium der Wunderwelt von Eissorten, ohne mich auch nur ein einziges Mal anzusehen. Ich hielt ihn für ein kleines Würstchen, wenn ich ehrlich sein soll. Aber hey: Diese Kids von reichen Leuten haben es drauf, dass man sie so behandelt, wie sie es wollen.

Irgendwann beugte ich mich vor und sagte: »Schreibt ihr eigentlich morgen eine Klassenarbeit über den Unterschied zwischen einem Krokantbecher und einem Bananensplit?«

Pickelface grinste unbeholfen. Die Kellnerin kam wieder angedackelt.

»Sie wünschen?«

Die beiden klappten die Karten zu.

»Eine Apfelschorle«, bestellte Pickelface. Der Dicke nickte. »Für mich auch, bitte.«

Ich hätte mich totlachen können.

Nun richtete Pickelface den Oberkörper auf und faltete die Hände, anscheinend, um sich besser konzentrieren zu können, wobei er mir fest in die Augen sah.

»Okay, Joe«, begann er und räusperte sich, wie vorhin die Kellnerin. »Ich denke, zunächst solltest du uns einfach mal erklären, was hier eigentlich passiert ist.«

»Jep, das wäre wohl fair«, nickte ich und schob mir ein großes Stück Eis in den Mund.

»Also?«, bohrte Rooney nach.

Ich lehnte mich zurück und begann: »Ich war gestern mit frisch verdienter Kohle unterwegs – ziemlich unvorsichtig von mir, gebe ich zu. Ich bin eher zufällig auf diese Party geraten und habe dann da ein paar Leute getroffen, mit denen ich echt nicht gerechnet habe. Und damit meine ich nicht euch.«

»Sondern die Orks«, ergänzte Julius.

»Bingo«, nickte ich. »Ganz schön scharfsinnig.«

Rooney warf ein: »Sein Vater ist ja auch Matheprofessor.«

»Mein Beileid«, sagte ich. »Also die Orks. Zwei Typen, denen ich Geld schulde. Ich hatte also die ganze Kohle bei mir, aber keinen Bock, denen das Geld in den Rachen zu werfen. Also hab ich mich erst mal aufs Klo verzogen. Da ist mir dann nichts Besseres eingefallen, als das Geld bei euch zu deponieren.«

Julius runzelte die Stirn und wiederholte gedehnt: »Zu de-po-nie-ren? Heißt das, du dachtest, du bringst das Geld bei Rooney in Sicherheit und holst es dir dann später ganz einfach so zurück?«

»Ja, das hab ich gedacht«, gab ich zu. »Hey, ich hab mir da keinen ausgefeilten Plan zurechtgelegt, es war eine total spontane Idee, eine Art Geistesblitz. Von mir aus kannst du's auch Intuition nennen, was weiß ich. Ich dachte, wenn die Typen bei mir kein Geld finden, dann ziehen sie halt einfach ab, lassen mich in Frieden und ihr gebt mir das Geld nachher wieder. Vielleicht hätte ich euch ein paar Prozent gelassen, so als Aufbewahrungsgebühr.«

Rooney kratzte sich ungläubig am Kopf und fragte: »Wie bist du ausgerechnet auf uns gekommen?«

»Bin ich ja gar nicht«, erwiderte ich. »Eigentlich seid ihr ja auf mich gekommen. Erinnert ihr euch? Und ich fand, dass ihr ganz nett ausseht.«

Julius lachte.

»Nett und ein bisschen doof?«, fragte er.

Ich lachte auch. »Ja, vielleicht. Könnte man so sagen.«

»Danke«, brummte er. »Und jetzt zu dem Ring. Wenn ich dich richtig verstehe, war das gar nicht deine Absicht, oder was?«

»Ich konnte ja gar nicht ahnen, dass ich in dieser Jacke irgendwas finde, schon gar nichts von Wert.«

Rooney sah an sich herunter und klopfte sich prüfend auf die Jacke.

Ich fuhr fort: »Das war eine Art Reflex. Sagen wir mal so: Ich weiß ziemlich gut, wie man Leuten in die Tasche greift, ohne dass die was merken. Aber ich hab das noch nie gemacht, um einem was *hinein*zustecken, wenn ihr versteht, was ich meine.«

Julius grinste verächtlich. »Ja, ich schätze, wir verstehen, was du meinst. Womit wohl auch erklärt wäre, woher eigentlich das Geld stammt, das ich jetzt habe.«

Ich ignorierte die Bemerkung und fragte: »Du hast es natürlich nicht bei dir, oder?«

Er verzog spöttisch den Mund, als wollte er sagen, dass er dann doch nicht ganz so doof sei, wie man annehmen könne. Vielleicht fiel ihm auch bloß kein cooler Spruch ein.

Die Kellnerin brachte zwei Gläser und stellte sie wortlos vor den beiden Jungs auf den Tisch. Für einen Moment schwiegen wir. Als sie sich wieder verzogen hatte, fuhr Julius fort: »So, dann hattest du also den Ring. Und jetzt kommen die Orks ins Spiel. Die sind in Wirklichkeit?«

»Nur ein paar Russen.«

Julius und Rooney zuckten zusammen. In ihren Augen stand deutlich das Wort . . .*mafia* geschrieben.

Rooney vermutete: »Du verrätst uns wahrscheinlich nicht, wofür du diesen Leuten Geld schuldest?«

»Das wollt ihr gar nicht wissen«, entgegnete ich und ihre Augen wurden noch größer. Da ich jetzt wohl genug Eindruck gemacht hatte, erklärte ich: »Es sind zwei Typen, Wladimir und Michail, Russlanddeutsche. Ich hab mal mit denen ein Geschäft gemacht, das ein bisschen in die Hose gegangen ist. Na ja. Jedenfalls haben sie mir den Ring abgeknöpft.«

»Wie viel schuldest du denen?«, wollte Julius wissen.

»Fünftausend Euro.«

»Puh«, machte Rooney und wedelte mit der Hand.

Ich brummte: »Ach komm, für so Jungs wie euch, die zum Achtzehnten 'nen Benz und zum Abi 'ne Weltreise geschenkt bekommen, sind das ja Peanuts.«

Rooney wollte offenbar protestieren, aber Julius winkte ab.

»Was immer es mit denen auf sich hat oder mit dem Geld, das du ihnen schuldest«, sagte er, »ich glaube kaum, dass der Ring so viel wert ist.«

»Hast du ja schon am Telefon gesagt«, bestätigte ich.

»Ach, das war ein Spruch«, gab Julius zu. »In Wahrheit

habe ich das Teil von meinem Vater geschenkt bekommen. Gestern, fürs Zeugnis.«

Ich musste ein ziemlich planloses Gesicht gemacht haben, denn Julius erklärte herablassend: »Zeugnis, du weißt schon – was man kriegt, wenn ein Schuljahr herum ist, so mit Noten drauf.«

»Ja, ich hab davon gehört.«

Ich widmete mich wieder meinem Eis, die Jungs tranken an ihrer Schorle und tauschten einen Blick. Schließlich meldete sich Rooney wieder zu Wort: »So weit zur Vorgeschichte. Die Frage ist ja jetzt: Wann und wie bekommen wir den Ring zurück?«

»Ja«, nickte ich. »Das ist eine Frage. Eine von mehreren.«

»Die einzige, die *uns* interessiert«, präzisierte Julius. Seine Stimme klang plötzlich wie aus einem Gangsterfilm. »Was zwischen dir und diesen Russen läuft, geht uns nichts an. Das hast du ja selber gesagt. Also – bis wann kannst du mir den Ring wiederbeschaffen?«

»Mann, Junge!«, fuhr ich ihn an. Er ging mir plötzlich auf die Nerven. »Das ist alles gar nicht so einfach mit diesen beiden Typen. Aber von mir aus – geh doch selber zu den Russen.«

»Und was wäre«, begann Rooney mit einem lauernden Ton, ließ eine kurze, aber dramatische Pause entstehen und sprach weiter: »Was wäre, wenn weder du noch wir, sondern die Polizei sich darum kümmert?«

Triumphierend sah er mich an.

Ich zuckte wie gleichgültig mit den Achseln. Mich wunderte, dass die beiden erst jetzt mit dem Bullenthema rausrückten.

»Wenn ihr die Bullen einschaltet, bin ich tot«, sagte ich lapidar. »Früher oder später. Die Russen kriegen mich. Und die stehen nicht drauf, verzinkt zu werden.«

Dann beugte ich mich vor, setzte ein verschwörerisches Lächeln auf und sagte leise: »Aber jetzt mal ganz ehrlich, Jungs: Wenn ihr zu den Bullen gehen wolltet, dann hättet ihr das doch schon längst getan.«

Rooney klappte, genau wie gestern Abend, wortlos den Mund auf und zu. Julius wand sich ein bisschen, dann gestand er: »Mein Vater, der besagte Matheprofessor, wäre vermutlich nicht so begeistert zu erfahren, dass ich seinen – also meinen – Ring gleich am ersten Tag auf eine so dämliche Art und Weise eingebüßt habe.«

Na bitte. Etwas in der Art hatte ich mir gedacht.

»Lassen wir das«, murmelte er. »Was sind unsere Optionen?«

Ich überlegte.

»Mir fehlen mindestens tausend Euro, um meine Schulden bei den Russen zu bezahlen. Das Geld habe ich im Moment nicht. Und ehrlich gesagt – ich habe eigentlich vor, denen gar nichts zu geben.«

»Moment«, unterbrach mich Rooney. »Du hast so viel Angst vor diesen Typen, dass du nicht zulassen würdest, wenn wir zur Polizei gehen, aber trotzdem bist du mutig genug, die um ihr Geld zu bringen, das ihnen ja – weiß der Geier wofür – irgendwie zuzustehen scheint. Habe ich das richtig kapiert?«

»Hast du. Ich will Wladimir und Michail aufs Kreuz legen, mir ist nur noch nicht der richtige Plan eingefallen.«

»Aha«, machte Julius. »Und dieser Plan, der dir einfallen soll – kommt darin vielleicht auch vor, wie du den Ring zurückkriegen kannst?«

»Noch nicht. Aber mir ist wie gesagt ja auch noch nichts eingefallen. Wird es aber.«

Was ich mich da reden hörte, klang ziemlich gut. Vielleicht war ich aber auch auf dem besten Weg, den krassesten Fehler meines Lebens zu machen. Aber darüber konnte ich später noch in Ruhe nachdenken.

Julius trank sein Glas aus und setzte es eine Spur zu laut auf der Tischplatte ab. Dabei machte er ein entschlossenes Gesicht.

»Ich sag dir jetzt mal, wie ich das sehe«, erklärte er. »Ich sehe das so, dass dir was einfällt und ich in den nächsten vierundzwanzig Stunden den Ring wiederhabe. Andernfalls müssen wir uns leider doch an Plan B halten. Denn wenn der Professor erst mal spitzgekriegt hat, dass der Ring weg ist, muss ich ihm auch die Geschichte dazu erzählen und er wird eh darauf bestehen, die Polizei einzuschalten. Egal, was die Russen dann mit dir machen.«

Wow, Pickelface hatte wirklich all seinen Mut zusammengenommen und wollte mir ernsthaft drohen. Ich lachte hohl.

»Du bist ganz sicher nicht der erste Typ, der versucht mich zu erpressen. Aber mach dir nichts vor. Ich bin schon zu lange im Geschäft, um mir von Leuten wie dir Angst machen zu lassen.«

Das schien zu wirken, denn für einen Moment wich alle Selbstsicherheit aus seinem Gesicht.

#5 Kontaktpflege

Fast erschrak ich vor der schneidenden Schärfe in ihrer Stimme. Gerade schien ich ein bisschen die Oberhand über dieses Gespräch zu bekommen, da drückte sie mir richtig einen rein. *Die ist bestimmt ein Profi*, hatte ich heute Mittag zu Rooney gesagt. Und mehr und mehr kam sie mir so vor, auch wenn ich nicht die leiseste Ahnung davon hatte, was ich selber damit meinte. Profi in was eigentlich? Und woran erkennt man Profis? Na ja, jedenfalls kam sie so rüber, als wären Gewalt und finstere Machenschaften für sie so alltäglich wie Schule, Party und Sport für Rooney und mich.

Wenn sie überhaupt vor irgendwas Respekt zu haben schien, dann vor diesen Russen. Ich bemühte mich noch einmal um einen möglichst ernsten Gesichtsausdruck, beugte mich zu ihr vor und sagte: »Immerhin sind Wladimir und Michail ziemlich weit damit gekommen, dich zu erpressen, denn die haben jetzt meinen Ring. Wenn die dich also erpressen können, können andere das vielleicht auch. Klar?«

Dabei blickte ich ihr fest in die Augen, wie bei diesem

Spiel, wo derjenige verliert, der als Erstes wegsieht oder lachen muss. Sie blieb vollkommen ruhig und erwiderte meinen Blick gelassen. Das hätte vermutlich Stunden so weitergehen können. Aber irgendwann sagte sie: »Vergiss Plan B. Mir wird was einfallen. Deine Nummer hab ich ja jetzt. Ich rufe dich also bis morgen um diese Zeit an. Und wenn nicht – dann geh meinetwegen zur Polizei. Ich bin gespannt, wie viel die mit einer Personenbeschreibung von mir anfangen können. Die Stadt ist schließlich groß. Und denke nicht, meine besonderen Kennzeichen würden schon in irgendwelchen Akten drinstehen. Ich bin nämlich noch nie verhaftet worden. Das wird auch so bleiben.«

»Sowieso«, entgegnete ich. »Denn dir fällt ja bis morgen was ein.«

Sie nickte. Dann schob sie den Eisbecher von sich, von dem sie (auf meine Rechnung!) höchstens die Hälfte gegessen hatte.

»Mag noch jemand Eis?«

Rooney winkte ab. »Danke, hatten wir schon.«

»Tja, dann.« Joe erhob sich. »Ich zieh los. Du hörst von mir.«

Ich protestierte: »Du könntest dich wenigstens für die Einladung bedanken.«

»Wieso?«, fragte sie, während sie sich an uns vorbeischob. »Ich hab mich doch selber bei dir eingeladen. Macht's gut, ihr beiden.«

Damit ließ sie uns sitzen und verschwand.

Rooney atmete tief ein und blies langsam die Luft aus. Ich machte mir eine Zigarette an.

»Das war also Joe«, sagte ich. »Interessante Lady.«

»Interessant?« Rooney sah mich zweifelnd von der Seite an. »Ich würde eher sagen: verrückt. Gefährlich verrückt sogar. Ich hab genug davon. Lass uns zu den Bullen gehen.«

»Ach komm schon, Rooney, wie soll das laufen, ohne dass der Professor davon erfährt? Sie hat gesagt, dass sie anruft. Und die Chance sollten wir ihr geben.«

»Ja, wenn sie anruft«, erwiderte er. »Wovon ich noch nicht ausgehe. Und selbst wenn sie anruft, wird sie ja doch nur versuchen dich hinzuhalten.« Er schüttelte den Kopf. »Diese ganze Geschichte mit diesen Russen. Mir gefällt das nicht. Wenn es die überhaupt gibt, diesen Wladimir und diesen Michail. Vielleicht hat sie sich die auch nur ausgedacht und deinen Ring schon längst irgendwo vertickt.«

»Abwarten«, brummte ich. »Aber jetzt mal im Ernst: Waren wir nicht cool? Sind wir nicht souverän rübergekommen?«

»Ja, bis auf ein paar Ausnahmen vielleicht«, meinte Rooney. »Und das ist der Grund, warum du dich auf Joes Spiel einlassen willst? Weil du da Gelegenheit hast, mal so richtig cool zu sein? Wie in einem Gangsterfilm?«

»Ach, vergiss es«, winkte ich ab und zog nachdenklich an der Zigarette. »Bloß – eine Sache interessiert mich jetzt langsam doch: Ich wüsste wirklich gerne mal, wie viel dieser Ring wert ist.«

Rooney sah auf die Uhr und schlug vor: »Dann lass uns jetzt mal abhauen. Wenn du Glück hast, ist dein Alter noch nicht zu Hause. Dann stöberst du mal ein bisschen in seinem Schreibtisch. Vielleicht findest du ja einen Hinweis.«

Ich schüttelte den Kopf. »Das bring ich nicht.«

»Wieso nicht? Du hast doch gesagt, der würde auch in deinen Sachen wühlen.«

»Ich sagte, dass ich den *Verdacht* habe.«

Rooney grinste. »Dann reicht es ja, wenn dein Alter auch nur den *Verdacht* hat, dass du an seinem Schreibtisch warst. Er muss dich ja nicht erwischen.«

Ich winkte die Kellnerin heran, bezahlte und wir verließen das Café. Draußen trennten wir uns.

Als ich nach Hause kam, stand das Tor offen und der Audi des Professors parkte in der Einfahrt. Ein kleines bisschen war ich erleichtert. So musste ich nicht entscheiden, ob ich nun seinen Schreibtisch und seine persönlichen Unterlagen durchsuchen wollte oder nicht.

Ich traf ihn in der Küche. Er stand am Herd und briet Fleisch. Auf der Arbeitsplatte war eine Auflaufform vorbereitet.

»Hi.«

»Guten Abend.«

Ich holte mir eine Flasche Wasser aus dem Kühlschrank

und lehnte mich trinkend gegen den Küchentisch. Dann durchzuckte mich der Gedanke an den Ring. Ich stellte die Wasserflasche ab und verschränkte die Hände vor der Brust. Aber nichts schien den Professor weniger zu interessieren als die Frage, ob ich den Ring trug. Er gab sich ganz dem Kochen hin. Der stetig wachsende Bauchansatz hatte die eigentlich große und schlanke Gestalt des Professors in den letzten Jahren etwas ausgebeult. Sein schwarzes Haar zeigte nicht nur ein paar graue Strähnen, sondern hatte auf dem Hinterkopf schon einer kleinen, kreisrunden Glatze Platz geschaffen. In letzter Zeit versuchte er die Haare von vorne und von den Seiten so über die kahle Stelle zu kämmen, dass man sie nicht sehen konnte. Aber das sah erst recht scheiße aus. Sollte es mir später auch so gehen, dass mir die Haare ausfielen, würde ich meinen Schädel ganz kurz rasieren, so wie Bruce Willis.

Ohne von seiner Pfanne aufzusehen, fragte der Professor: »Wo warst du gestern Nacht?«

»Bei einer Freundin«, antwortete ich ausweichend.

»Hast du deiner Mutter Bescheid gesagt?«

Ich zuckte mit den Achseln. »Glaub schon.«

Er nannte sie mir gegenüber nie *Mama* oder *Regine*, so heißt sie nämlich, sondern immer nur *deine Mutter*.

Endlich sah er vom Herd auf und maß mich von Kopf bis Fuß mit den Augen.

»Bei einer Freundin, ja? Sag mal, hat deine Mutter mit dir schon einmal über diese Dinge gesprochen – ich meine über Kondome und dergleichen?«

Ich wurde rot. Eigentlich hätte ich mich über diese Frage kaputtlachen müssen, aber den eigenen Eltern gegenüber ist man ja bei diesen Themen eher etwas uncool – also ich jedenfalls.

»Nö«, meinte ich. »Aber wir haben ja Bio in der Schule.«

»Meine Studenten hatten auch alle irgendetwas in der Schule«, knurrte er, »nur passt es leider nie zu dem, was danach kommt.«

Ich sagte nichts dazu. Seine Gedankenwelt war für mich eine fremde Galaxie. Selbst wenn ich die Bedeutung der Worte verstand, was nicht immer der Fall war, hatte ich doch meistens keinen Schimmer, was er eigentlich damit meinte. Vermutlich verstand ich seine Art von Ironie nicht. Oder er war ganz einfach nicht ironisch. Im Grunde schien es ihm egal zu sein, was ich so dachte. Und das beruhte auf Gegenseitigkeit. Unser Gespräch jedenfalls war zu Ende. Aber es war schon länger gewesen als die meisten.

Ich trollte mich in mein Zimmer, ließ mich aufs Bett fallen und zappte mich ein bisschen durch die Programme, bis mir die Augen zufielen. Ich schlief ein und wurde erst wieder wach, als meine Mutter neben meinem Bett stand.

Wo ich denn letzte Nacht gewesen sei, ob ich meinem Vater Bescheid gesagt hätte, dass ich nicht nach Hause käme, und so weiter.

»Bei einer Freundin? Ein Mädchen aus deiner Klasse? Kenne ich die Eltern?«

»Na ja, nicht direkt«, gab ich zu. »Sie geht in meine Parallelklasse und genau genommen habe ich auch nicht bei ihr übernachtet, sondern bei ihrer älteren Schwester.«

Meine Mutter runzelte die Stirn. Dann fragte sie: »Hat Armin mit dir eigentlich schon einmal über dieses Thema gesprochen?«

Innerlich musste ich schmunzeln. »Über Geschwister? Wieso? Wollt ihr noch ein Kind?«

»Du weißt genau, was ich meine«, erwiderte sie kühl. »Ich spreche von Beziehung, Sexualität und so weiter.«

Ich hätte gern gewusst, wie meine Eltern auf solche Einfälle kamen. Was mich betrifft, ich hätte schon für einen ordentlichen Zungenkuss meine Seele verkauft – von *Sex* gar nicht zu reden.

»Wir haben ja Bio in der Schule«, erklärte ich nach bewährter Art. »Mach dir keine Sorgen, Lenas Schwester ist zwanzig, glaube ich, die steht auf Erwachsene.«

Meine Mutter lächelte milde. *»Die steht auf Erwachsene«*, wiederholte sie. »Komisch, wie das klingt.«

Anders als der Professor hatte sich meine Mutter, solange ich mich zurückerinnern konnte, äußerlich nie verändert. Sie war sportlich, trug ihre blonden Haare zu einem kleinen Zopf gebunden und lief so gut wie immer in Hosenanzügen herum. Sie kräuselte ihre Nase.

»Hast du geraucht?«

»Quatsch. Ich war bloß in einem Café heute. Die Leute am Nebentisch haben geraucht.«

»Komm essen«, sagte sie. »Dein Vater hat was gekocht.«

So war das bei uns aufgeteilt. Wenn der Professor zeitig nach Hause kam, bereitete er irgendetwas zu, was man schnell aufwärmen konnte. Manchmal aßen wir zu zweit, er und ich, manchmal auch jeder für sich. Und meine Mutter aß dann entweder abends spät, wenn sie heimkam, oder nahm sich das Essen am nächsten Tag mit in die Kanzlei. An Tagen wie heute aber, wenn sie schon gegen acht zu Hause war, setzten wir uns gemeinsam hin, wie eine Familie.

So saßen wir also im Esszimmer. Der Professor berichtete von seinen Abenteuern in der Uni, meine Mutter von einem ihrer unglaublich spannenden Scheidungsprozesse, dann wurde ich gefragt, ob ich denn für das Ferienlager schon alles vorbereitet hätte, was denn meine Pläne für die nächsten Tage seien. Aha, Freibad morgen, nett, ideales Wetter. Die ganze Zeit erwartete ich, dass der Professor das Thema auf den Ring lenken würde. Aber das tat er nicht. Tags zuvor war er noch dermaßen feierlich gewesen. Und jetzt kam er mir vor, als könnte er sich an nichts erinnern. Ich hätte gern gewusst, ob der Ring ihm viel bedeutete. Und was er eigentlich damit verband, dass er ihn mir geschenkt hatte. Oder ob das bloß eine spinnerte Laune von ihm gewesen war. Das Gespräch wandte sich wieder der Arbeit meiner Mutter zu, bis der Professor unvermittelt fragte: »Wie geht es eigentlich Edgar?«

Meine Mutter ließ ihr Besteck sinken und sah ihn irritiert an.

»Edgar?«

Stimmt, auch ich hatte lange nichts vom Partner meiner Mutter gehört. Den beiden gehörte die Kanzlei und meine Eltern waren mit Edgar und seiner Frau Karin lose befreundet. Früher waren wir sogar mal zusammen verreist, mit Edgar, Karin und ihren beiden bescheuerten Töchtern.

»Ebenjenem«, antwortete mein Vater gestelzt.

»Gut«, sagte meine Mutter nur.

»Du hast ihn schon lange nicht mehr mitgebracht«, setzte der Professor nach.

»Hat sich nicht ergeben«, meinte meine Mutter und widmete sich wieder dem Auflauf. Mein Vater kaute bedächtig und lang auf einem Bissen herum, bevor er sagte: »Wir sollten die beiden wieder einmal einladen, Edgar und Karin. Zum Essen.«

»Ich dachte immer, sie langweilen dich«, entgegnete sie. Und eine Spur gereizter setzte sie hinzu: »So wie dich alle langweilen, die nichts mit höherer Mathematik anfangen können.«

Der Professor tupfte sich mit der Serviette den Mund ab und nippte an seinem Rotwein.

Meine Mutter sagte: »Ich finde es höchst ungewöhnlich, dass dich auf einmal interessiert, ob wir Kontakte pflegen, ob wir überhaupt mit jemandem Umgang haben.«

Ich schaltete ab. Solche Dialoge töten mir den letzten Nerv. Ich war mir sicher, dass es zwischen Lena und mir niemals solche Gespräche geben würde. Vorausgesetzt, ich kam endlich mal an sie heran.

Der Professor ließ sich auf keine Diskussion ein. Er sagte lediglich noch: »Lade sie halt ein.«

Meine Mutter wollte etwas erwidern, ließ es aber bleiben und meinte dann achselzuckend: »Na gut, meinetwegen.«

Für den Rest des Abendessens schwiegen wir, bis der Professor irgendwann die Teller in die Küche brachte, einen erzürnten Aufschrei hören ließ und mit einer geöffneten Packung Schokoladeneis zurückkam.

»Die war gestern noch zu«, beschwerte er sich.

»Für dich reicht es ja noch«, fand meine Mutter. Keine Ahnung, ob das aufmunternd klingen sollte, tat es jedenfalls nicht. »Ich esse nichts mehr. Ich gehe nach oben und bereite noch ein paar Schriftsätze vor.«

Auf seinen fragenden Blick in meine Richtung schüttelte ich den Kopf und sagte: »Nein danke, ich hatte schon. Das war übrigens Rooney, der das halbe Eis vernichtet hat. Aber er hatte es nötig.«

»Erzählt mir doch alle, was ihr wollt«, brummte der Professor und verkrümelte sich mit dem Eis in sein Arbeitszimmer.

Ich zog mich auch zurück, machte den Fernseher an und zappte wieder alle vorhandenen Programme durch. Dabei musste ich an das denken, was Rooney heute Morgen über uns und unsere Zukunft gesagt hatte. Würden wir wirklich so werden wie unsere Eltern? Und wenn ja: Wie waren sie denn eigentlich? Mir wurde mit einem Mal klar, dass ich kaum etwas über sie wusste. Wie sie lebten, was sie dachten, wovon sie träumten und so. Träumten sie überhaupt? Hatten sie noch irgendwelche Wünsche oder lebten sie endlos so weiter, zufrieden und ohne irgendwelche Fragen, mit Uni und Kanzlei und miteinander? Oder nebeneinanderher, aneinander vorbei. Vermutlich hatten sie sich schon ewig nichts Richtiges mehr zu sagen. Andere Leute würden sich vielleicht scheiden lassen. Aber der Uni-Professor und die Staranwältin konnten das nicht tun. Keine Ahnung, wieso, es kam mir halt so vor, ein bisschen wie ein Naturgesetz. Alles war im Grunde gut so, wie es war. Jeder machte sein Ding: der Professor, meine Mutter und ich auch. Alles war gut so und von mir aus konnte es auch so bleiben. Dass allerdings mein Vater heute Abend mit diesem Edgar angefangen hatte, kam mir genauso komisch vor wie meiner Mutter. Und letztlich konnte ich mir dafür nur einen Grund vorstellen, aber genau den wollte ich mir eben nicht vorstellen und ließ es einfach bleiben.

Ich zappte noch mal alles durch, dann verlegte ich mich auf Musik und vertraute mich ganz den schummrigen Klängen von *Apocalyptica* an, die mich in einen traumreichen Schlaf trugen.

Bis ich plötzlich hochschreckte. Der Traum war sehr real gewesen. Noch ein paar Sekunden lang sah ich deutlich das Schlangenbild vor mir und Joes muskulösen Oberarm und meine Hand, wie sie durch ihr wildes Haar fuhr – hatte ich sie etwa geküsst? Wie um alles in der Welt konnte sie nur zwischen all die hübschen Mädchen mit seidenem langem Haar und kurzen, scharfen Röcken geraten, denen ich sonst im Traum begegne? Und warum klingelte mein Handy?

Ich ruderte unkoordiniert mit den Armen und wäre fast aus dem Bett gefallen. Ich fand das Ding auf dem Bord, ich fand die Vorderseite, ich fand die grüne Taste und im selben Moment sah ich im Display die Nummer, die ich heute Mittag auf einem Geldschein gefunden hatte.

Ich stammelte irgendwas.

»Hey!«, rief Joe. »Komm zu dir, Junge!«

Anscheinend schlief ich immer noch.

»Sorry. Hab schon gepennt. Hab ja letzte Nacht nicht so viel geschlafen.«

»Du musst dich nicht entschuldigen.« Sie redete mit mir wie mit einem kleinen Jungen.

»Nee«, sagte ich genervt. »Was ist denn? Hast du einen Plan? Also einen Plan A?«

»Ja, vielleicht. Ich glaube schon. Aber es hängt wirklich davon ab, was dieser Ring wert ist. Klar?«

»Nee.« O Mann! »Nichts ist klar. Wie geht denn der Plan?«

»Krieg raus, was dieses blöde Teil wert ist.« Sie klang plötzlich wie der Professor. »Danach kann ich dir erst sagen, ob der Plan überhaupt möglich ist oder nicht.«

»Ach Unsinn, du willst mich doch nur hinhalten«, behauptete ich. »Das ist eine Masche von dir.«

»Nein, ehrlich nicht.«

Ich wollte etwas erwidern, aber ich war viel zu müde für eine Diskussion. Ich war sogar zu müde, um mich zu fragen, ob ich ihr glauben sollte oder nicht. Ich atmete tief ein und wieder aus, dann sagte ich nur: »Ich melde mich.« Und legte auf.

#6 Under the bridge

Unter der Brücke war es still wie immer. Die Autos, die obendrüber fuhren, machten nur ein dumpfes Geräusch, das von diesen Fugen zwischen den Brückenteilen kam. Bu-dumm, bu-dumm, bu-dumm. Dumpf, gleichmäßig, wie ein Pulsschlag. Genauso gleichmäßig trieb der Fluss dahin. Er war nicht breit und jetzt im Juli höchstens so tief, dass einem das Wasser bis zu den Kniekehlen reichte. Mit zehn Schritten hätte ich durchwaten können. Aber nichts zog mich hin. Erstens dämmerte es schon und dunkles Wasser gruselt mich. Zweitens hätte mich das zu sehr an letzten Sommer erinnert. Als Neo und ich zusammengekommen waren, hatte ich ihn hierhin mitgenommen, an meinen absoluten Lieblingsplatz. Seit ich ein kleines Kind war, habe ich diesen Ort geliebt. Die Brücke ist niedrig. Wenn ich mitten im Wasser stehe und mich strecke, kann ich an die Unterseite der Betondecke fassen. Die Böschung des Flusses ist von beiden Seiten von dichtem Gestrüpp überwuchert, irgendwas mit Dornen, es klettert allmählich auf beiden Straßenseiten und von beiden Ufern her an der Brücke entlang, wie ein Vorhang. Wenn es so weiterwuchert, wird es meine Grotte eines Tages ganz zudecken. Als Kind hab ich manchmal eine Bettdecke über einen Tisch geworfen und mich druntergehockt und hatte meine Höhle. Da war ich irgendwie sicher, jedenfalls vom Gefühl her.

Letzten Sommer hatten wir uns hier auch wie Kinder aufgeführt. Neo und ich hatten im Wasser geplantscht und der Beton der Straße über uns hatte unser Lachen zurückgeworfen. Mit seinem Benzinfeuerzeug hatte Neo seine blöden Liebesschwüre für mich unter diese Decke gemalt. Krakelige Buchstaben aus Ruß. Jetzt war ich wieder allein hier und das war gut so. Im Kopf summte ich mein Lied. *Under the bridge downtown is where I drew some blood/Under the bridge downtown I could not get enough/ Under the bridge downtown forgot about my love/Under the bridge downtown I gave my life away.*

Ich drückte die Stopptaste im Kopf, bevor sich das Lied von allein auf Repeat stellen konnte. Jetzt war ein neuer Sommer und ich wollte lieber über die Zukunft nachdenken, als mich von den alten Geschichten runterziehen zu lassen. Schließlich musste es irgendwie weitergehen. Was hatte mir dieses Treffen mit den beiden Typen eigentlich gebracht? Außer einem großen Eis und einem Kakao genau nichts, um ehrlich zu sein. Ich spielte mit dem Gedanken, die knapp viertausend Euro endgültig in den Wind zu schießen und meine Schulden bei den Russen endlich zu tilgen. Wladimir hatte sich ewig nicht gemeldet, jetzt machte er auf einmal richtig Druck. Bestimmt war er selber auch gerade knapp bei Kasse. Angenommen, der Ring wäre - sagen wir einfach mal - dreitausend Euro wert, könnte ja sein, die restlichen knapp zweitausend würde ich irgendwie auftreiben können. Vielleicht bei Wagner. Vermutlich würde er mir einen Vorschuss geben, sogar ohne diese Swimmingpoolnummer. Schließlich waren wir gute Geschäftspartner und er wusste, dass er sich auf mich verlassen konnte. Mit Schulden bei Wagner konnte ich sicher wesentlich besser schlafen als mit Schulden bei den Russen. Natürlich würde Pickelface auf die Art seinen Ring nicht zurückbekommen. Und ganz sicher würde er dann zu den Bullen gehen. Aber was wollte er denen schon sagen? Zur Not würde ich mir halt die Haare färben und was mit langen Ärmeln anziehen. Na und? Wär nicht das erste Mal.

Aber ich wollte einfach auf die Kohle nicht verzichten, ich hatte sie doch hart erarbeitet. Und ich war ein bisschen besessen von der Idee, Wladimir aufs Kreuz zu legen. Egal wann ich jemals in der Klemme saß - früher oder später ist mir noch immer was eingefallen. Und wenn nicht? Im Geiste ging ich meine Bestände durch. Die Autoradios waren inzwischen alle verkauft. Ohne Neo und seine Jungs kam ich auch nicht mehr an neue ran. Ich hatte vielleicht noch drei oder vier Handys auf Halde liegen. Und einige Gramm Piece, die ich eigentlich für mich selber bestimmt hatte. Finanziell sah es nicht gut für mich aus.

Immerhin hatte ich noch Tabak und Blättchen. Ich

drehte mir eine. Es wurde bald richtig dunkel. Die Straßenlampen oben warfen von beiden Seiten der Brücke ihr Licht aufs Wasser. Das Licht tanzte glitzernd darauf herum, bevor der Fluss unter der Brücke im Finstern verschwand. Plötzlich dachte ich, dass wir eigentlich alle solche Lichtpunkte waren, ich, Neo, die Russen, Wagner, Julius und sein Kumpel. Wir tanzen auf irgend so einem Fluss rum und fahren irgendwohin. Ja, so beknackte Sachen gingen mir in letzter Zeit durch den Kopf. Anscheinend fing ich langsam an, richtig sonderbar zu werden, ein echter Freak. Denn seit Neo eingefahren war und ich mit seinen Jungs nichts mehr zu tun hatte, fühlte ich mich manchmal ein bisschen allein. Also nicht direkt richtig allein, so von wegen einsam und verlassen und so. Bloß ein bisschen Abwechslung, das würde mir guttun.

Na super, jetzt war mir der Arsch eingeschlafen. Unter der Brücke war die Böschung betoniert und der Stein wurde langsam kühl. Ich rappelte mich auf, streckte mich, so gut das unter der Brücke ging, und machte mich langsam auf den Heimweg. Von hier bis nach Hause waren es höchstens fünfhundert Meter. Ich bahnte mir den Weg durch das Gestrüpp, kletterte die Böschung neben der Brücke hoch und schlenderte die Straße entlang, während ich die Kippe rauchte, die ich mir vorhin gedreht hatte. Vor dem Abendhimmel hob sich unsere Häuserreihe wie ein Gebiss ab. Ein Gebiss aus drei- oder vierstöckigen alten Kästen, im Erdgeschoss mal eine Kneipe, mal ein Ramschladen, meistens verlassene Geschäftsräume mit schmutzigen Fensterscheiben. Wir – Mum und ich – wohnen in dem Haus neben der Zahnlücke, ein Haus mit dunklem Backstein außen und muffigen Zwei-Zimmer-Küche-Diele-Bad-Buden innen. Die Zahnlücke ist eine verwunschene kleine Ödnis. Zwischen dem Bauschutt blühen wilde Blumen. Ich war noch ganz klein gewesen, als sie das Haus neben uns abgerissen hatten. Die Fassaden der Häuser rechts und links davon sind nie restauriert worden. Sie sehen aus wie offene Wunden. Wenn es lange regnet, bilden sich kleine Tümpel, in denen ich als Kind in jedem Frühjahr Kaulquappen fand. Seit letzten Sommer, seit die kurze, herrliche Zeit mit Neo so plötzlich vorbei gewesen war, kam es mir manchmal so vor, als wär ich in der Zahnlücke zu Hause und nicht in der Bude daneben.

Vor dem Haus stand die Karre von Hans oder Heinz, oder wie auch immer der neue Typ hieß, der seit zwei Wochen mit meiner Mum vögelte. Aber hey, sie ist nicht so, wie es jetzt klingt. Ich finde meine Mum echt anständig – auf ihre Art. Ich glaube, sie schleppt nur deswegen dauernd irgendwelche Typen an, um es meinem Dad ein bisschen heimzuzahlen. (Auch wenn der davon ganz bestimmt keinen Schimmer hat, denn er lebt weit weg irgendwo in Portugal, und zwar schon ewig.) Wenn zum Beispiel mal so ein Typ versucht hat, mich irgendwie anzupacken, dann hat sie ihn immer sofort rausgeschmissen. Und außerdem – wenn sie gerade einen Typen hat, säuft sie nicht. Na ja, zumindest weniger.

Meine Mum war mit Hans-Heinz-wie-auch-immer in ihrem Zimmer. Das war gut, ich hatte nämlich keine Lust zu quatschen. Ich machte mir ein paar Spiegeleier, holte mir eine Cola und die Ketchupflasche aus dem Kühlschrank und verzog mich in meine Bude. Die Glotze machte ich nur an, weil ich es scheiße fand, die Geräusche von nebenan zu hören. Nichts gegen Sex und so, aber hey: Sie ist meine Mum, da muss ich ja wohl nicht auch noch zuhören.

Ich versuchte mich also auf meinen Plan zu konzentrieren. Oder auf das, was mal mein Plan werden sollte. Wenn der Ring was wert war (und das musste er sein!), stellte sich die Frage, wie man ihn zu Geld machen sollte. Ich konnte mir kaum vorstellen, dass die Russen die richtigen Kontakte hatten. Wagner wäre der Mann, dem man das Ding anbieten musste. Die Idee war gar nicht so schlecht. Vielleicht konnte ich eine kleine Provision für mich rausholen, wenn ich die Russen mit Wagner zusammenbrachte. Aber eigentlich hatte ich mir doch gerade eben was anderes vorgenommen. Mal ganz abgesehen davon, dass die viertausend Euro nicht einfach ein Taschengeld, sondern echt hart verdiente Kohle waren, fuckte mich auch extrem der Gedanke, dass die Russen bei der ganzen Geschichte als Gewinner vom Platz gehen würden. Mir musste was einfallen!

Ich drückte mir die Spiegeleier rein und stierte durch die Glotze hindurch auf die Gesichter von Walter Wagner, von Wladimir und Michail, von Julius und Rooney.

Wagner und die Russen zusammenbringen. Es kommt darauf an. Darauf, wie viel der Ring wert ist. Wagner und die Russen. Hey! Mir dämmerte die Idee. Ich stellte den Teller beiseite, holte mein Handy aus der Hosentasche und wählte Julius' Nummer. Anscheinend schlief der schon, denn es dauerte eine Weile, bis er sich meldete, und er klang echt ziemlich verwirrt. Aber irgendwie konnte ich ihn davon überzeugen, endlich was über den Ring rauszukriegen. Keine Ahnung, ob er mir überhaupt zuhörte oder ob er noch pennte. Jedenfalls willigte er ein. Hey, jetzt war ich aber mal gespannt. Ich legte das Handy weg, aß weiter und zappte rum. Es dauerte vielleicht eine halbe Stunde, vielleicht vierzig Minuten, bis das Handy seinen kurzen, diskreten Brummton von sich gab. Eine SMS von Julius. Ich musste sie dreimal lesen, um sie zu verdauen.

#7 Familiengeschichten

Ich stand auf und tappte zum Klo. Unterwegs bemerkte ich, dass meine Eltern anscheinend schon schliefen. Die Tür zum Arbeitszimmer des Professors stand einen Spaltbreit offen, dahinter Dunkelheit. Alles war totenstill im Haus. Ich ging pinkeln und auf dem Rückweg blieb ich unschlüssig vor der Türe des Arbeitszimmers stehen. *Er muss dich ja nicht erwischen.* Ja, was war dieser Ring nun wert? Und wie zur Hölle sah Joes Plan A aus?

Ich schob die Türe ein wenig auf und schlüpfte in das dunkle Zimmer. Die Türe schloss ich wieder bis auf den kleinen Spalt. Dann knipste ich die kleine Lampe auf dem breiten Schreibtisch an. Er war übersät von vollgeschriebenen Klausurbögen, auf denen seine armen Studenten irgendwelche *Pivot-Tabellen* ausrechnen mussten – jedenfalls stand dieses Wort auf einem Arbeitsblatt. Ansonsten gab es in dem Zimmer jede Menge Bücherregale und einen ausladenden Ohrensessel, auf dem der Professor den größten Teil seiner Anwesenheitszeit in diesem unserem Hause zu verbringen pflegte – keine Ahnung, mit was eigentlich. Eines der Regale beinhaltete keine

Bücher, sondern ein paar Kästchen und Schachteln, in denen der Professor wohl seine persönlichen Sachen aufbewahrte. Vor diesem Regal hatten wir am Mittwoch gestanden, als er mit bedeutsamer Geste eine dieser Schachteln geöffnet und den Ring hervorgeholt hatte. *Dieser Ring, mein Sohn, hat deinem Urgroßvater gehört* ... Ich hatte mir das Teil kaum angesehen und mich bloß darüber gewundert, dass die eingravierten Initialen an der Innenseite nicht den Buchstaben Z aufwiesen, sondern die Abkürzung C. C. Ansonsten hatte ich dem Ring keine Beachtung geschenkt. Ich hatte einfach mit etwas völlig anderem gerechnet, als der Professor mir eröffnet hatte, er wolle mir *etwas Besonderes* schenken. Vermutlich war er enttäuscht gewesen, dass ich nicht gerade in einen Freudentaumel verfallen war, sondern den Ring mehr oder weniger wortlos eingesteckt hatte.

Ich erkannte die Schatulle, in der er den Ring aufbewahrt hatte. Vorsichtig, um kein Geräusch zu machen, zog ich sie aus dem Regal und stellte sie auf den Schreibtisch. Das Behältnis hatte früher einmal als Humidor gedient – wenn ich das richtig verstand, eine Art Zigarrenkiste mit eingebauter Klimaanlage. Ob wir so was später auch mal benutzen würden, Rooney und ich, in *unserem geilen Haus* am Atlantik unten, in Biarritz?

Ein Geruch von Tabak und Exotik entstieg der Schachtel, als ich sie öffnete. Unwillkürlich drehte ich mich zur Türe um. Im Flur war nach wie vor alles dunkel und es herrschte weiterhin Stille. Mein Herzklopfen klang darin wie eine Bassdrum. Das Erste, was mir in dem Humidor auffiel, war ein schwarzer, runder Gegenstand mit einer Linse, wie ein Minifernrohr. Es hätte ein Opernglas sein können, aber es bestand nur aus einem Glas, nicht aus zwei. Ich hob es vorsichtig hoch und klemmte es mir probeweise ins linke Auge. So etwas hatte ich schon mal im Fernsehen gesehen, es war eine Art Lupe oder so, mit der Uhrmacher arbeiten. Ob sich der Professor dieses Ding besorgt hatte, nur um den Edelstein auf dem Ring besser betrachten zu können? Ich traute es ihm zu. Ich legte das Glas zur Seite und griff wieder in die Schachtel. Es lagen noch einige Fotos und Papiere darin. Die meisten Fotografien waren alt. Das einzige Farbfoto zeigte eine wilde Horde junger Menschen auf einer Wiese, die anscheinend irgendetwas sangen. Sie trugen graugrüne Parker mit Peace-Zeichen drauf und Stickern: *Atomkraft? Nein danke.* Kaum zu glauben, aber einer dieser jungen Männer, mit wallender Siebzigerjahre-Locke und zotteligem Bart, war tatsächlich der Professor. Er streckte dem Fotografen lachend seine geballte linke Hand entgegen. Und am kleinen Finger seiner Faust erkannte ich den Ring mit dem Edelstein darauf.

Ich drehte das Bild um. In Anführungszeichen stand da geschrieben *Freie Republik Wendland*; dahinter ein Datum: *Mai 1980.* Ich musste lächeln. Es sah fast so aus, als sei der Professor früher mal so eine Art Revoluzzer gewesen. Ich drehte das Foto wieder um und blickte dem jungen Mann fest in seine lachenden Augen. Ich kannte nur sehr wenige Jugendfotos des Professors. Umso mehr erstaunte mich, wie ähnlich er mir auf diesem Bild sah – na ja, oder wie ähnlich ich ihm anscheinend sehe.

Die anderen Fotos waren wesentlich älter. Ein Bild zeigte meinen Großvater, den Vater des Professors. Das Foto erkannte ich sofort wieder, denn ich hatte es mal als Kind beim verbotenen Stöbern in einer »geheimen« Schublade einer Kommode meiner Großmutter gefunden. (Meinen Großvater hatte ich kaum gekannt, er war gestorben, als ich noch nicht mal zur Schule ging.) Zu sehen war inmitten einer verschneiten Landschaft der jugendliche Heinrich Ziebel, anscheinend in meinem jetzigen Alter – und in einer Uniform. Er trug eine Schiffchenmütze auf dem Kopf und hatte eine Binde um den linken Arm, auf der ein Hakenkreuz prangte. Den rechten Arm erhob er zum Hitlergruß, wobei er arrogant und zugleich irgendwie verunsichert in die Kamera grinste. Und am kleinen Finger dieser Hand: natürlich, der Ring. Auf der Rückseite stand: *Vater als Flakhelfer, Feb. 1945.* Die Schrift war dieselbe wie auf dem anderen Bild. Anscheinend hatte der Professor alle Fotos dieser seltsamen Sammlung beschriftet.

Das dritte Foto war in einem schlechten Zustand, die Ecken geknickt, an einigen Stellen ein bisschen aufgeplatzt, das Bild matt und mit einem bräunlichen Stich. Es zeigte wohl eine Art Party. Jugendliche hingen auf plüschigen Sofas herum und rauchten. Sie trugen Anzüge und Krawatten, auch die Mädchen, obwohl ich schätzte, dass alle kaum älter sein konnten als ich. Die Mädchen hatten lustige Kurzhaarfrisuren und rauchten ihre Zigaretten mit Mundstücken. An einer Seite erkannte ich ein Grammofon mit einem riesigen Trichter, wie man es nur noch aus alten Mickymaus-Filmen kennt. Auf die Rückseite des Bildes hatte der Professor notiert: *Großvater mit Freunden, vermutlich Sept. 1923.* Ich hielt das Bild dicht unter die Schreibtischlampe. Wenn ich mich nicht täuschte, zündete sich einer der Jungen soeben mit einem Geldschein eine Zigarette an. Ich hatte mal davon gehört, dass nach dem Ersten Weltkrieg plötzlich das ganze Geld nichts mehr wert war, dass ein Pfund Butter ein paar Millionen Mark kostete. Irgendwo in den Unterlagen meiner Oma gab es sogar noch ein paar dieser Banknoten, auf denen dann zum Beispiel Beträge wie *100 Millionen Reichsmark* standen. Der Junge auf dem Bild hielt den brennenden Geldschein in der linken Hand. Und, tusch!, am kleinen Finger dieser Hand saß unser Ring. Eine Weile betrachtete ich das Bild. Ich kannte natürlich ein paar alte Fotos von früher, von Familienfeiern, wo alle ernst um den Tisch versammelt waren oder sich nach einer Hochzeit würdevoll auf der Treppe einer Kirche drapiert hatten. Dieses Bild hier war so anders, diese Ausgelassenheit hier, es hätte auch eins unserer kleinen Gelage sein können, die wir manchmal im Keller von Rooneys Eltern veranstalteten, wenn die verreist waren. Das Foto hatte einen Moment im Leben dieser Leute eingefroren und für mehr als achtzig Jahre konserviert. Sie mussten tierisch Spaß gehabt haben an diesem Abend vor fast einem Jahrhundert. Bestimmt sind die schon alle tot, durchfuhr es mich. Und plötzlich ertappte ich mich bei der Vorstellung, wie irgendwelche Nachfahren von mir irgendwann vor ihren Hologrammen (oder wie man sonst in achtzig Jahren Bilder guckt) sitzen und Szenen aus dem Leben von mir oder von Rooney oder von Lena betrachten, während wir schon längst vermodern. Ein kleiner Schauder lief über meinen Rücken.

Mann, ich sollte mal lieber die Zeit nutzen, anstatt hier über Vergänglichkeit und Ewigkeit zu grübeln. Außer der Tatsache, dass der Professor mal ein Ökofreak gewesen war und mein Urgroßvater coole Feten gefeiert haben musste, hatte ich schließlich noch nicht das Geringste herausgefunden.

Neben den Fotos fand ich einen Packen Papier, irgendwelche Briefe und Postkarten, die zum Teil schon ziemlich vergilbt waren. Und unter diesem Stapel, als Allerletztes, entdeckte ich noch einen weiteren Brief, mit Schreibmaschine getippt, auf den Briefbogen eines gewissen Juwelier Georg Graf. Juwelier! Das Wort hatte mich sofort elektrisiert, mir wurde heiß und ich spürte dieses leise Kribbeln im Nacken. Der Brief war auf einen Tag im Jahr 1986 datiert und an den Professor adressiert – als der noch nicht Professor war. Während ich die Zeilen überflog, begann das Blatt plötzlich zu vibrieren, weil meine Hand auf einmal zitterte. Juwelier Graf ließ den

Sehr geehrten, lieben Herrn Dr. Ziebel wissen, dass es sich bei dem Stein *auf dem Ring Ihres geschätzten Herrn Großvaters um einen sehr schön geschliffenen Brillanten handelt, der im Verkauf auf dem freien Markt ohne jeden Zweifel einen Erlös von nicht unter DM 20 000,00 erzielen dürfte.* Die Details könne er der anliegenden Expertise entnehmen. Juwelier Graf hoffte noch, meinem Vater mit dieser Auskunft gedient zu haben, und verblieb mit herzlichen Grüßen und so weiter. An den Brief war noch ein Papier angehängt, auf dem offenbar verschiedene Angaben über den Ring und vor allem über den Brillanten gemacht wurden.

Zur Hölle! Zwanzigtausend Mark!

Zur Hölle, Schritte!

Das Licht im Flur ging an und malte einen hellen Streifen auf den Fußboden im Arbeitszimmer. Panik überfiel mich. Ich warf das Gutachten zurück in die Kiste, den Stapel mit den Briefen hinterher und sammelte die Fotos ein – und so fand mich der Professor, als er das Deckenlicht anknipste. Er stand vor mir in seinem seidenen Pyjama und sah mich an, mit einem Ausdruck grenzenloser Überraschung. Kurz verzerrten sich seine Züge vor Wut, aber gleich darauf entspannte sich sein Gesicht. Er sah plötzlich so aus, als sei ihm etwas Entscheidendes eingefallen. Das alles natürlich im Bruchteil einer Sekunde, aber mir kam es wie ein mehrtägiger Strafprozess vor.

»Ach so«, sagte er bloß.

»Ich – ich hab nur ...«, stotterte ich

»Schon gut«, meinte der Professor, kam auf mich zu und nahm mir die Fotos aus der Hand. »Als ich dir gestern den Ring gegeben habe, dachte ich schon, du würdest dich in keiner Weise dafür interessieren. Aber du hast natürlich recht. Wieso sollte er dir auch etwas bedeuten, wenn du dich noch nie mit der Geschichte unserer Familie beschäftigt hast?«

Er legte die Fotos wieder in den Humidor, schloss den Deckel und drückte mir die Kiste in den Arm. Ich schwieg verwirrt.

»Stöbere ein wenig darin«, sagte er. Das klang fast aufmunternd.

Ich nickte nur stumm, und als nichts weiter geschah, schob ich mich zaghaft an ihm vorbei zur Türe. Der Professor nahm ein Buch aus einem seiner Regale und ließ sich unter einem schweren Seufzen in seinen Sessel fallen. Als ich die Türe hinter mir zuziehen wollte, blickte er jedoch noch einmal auf und sagte mit einem plötzlich versteinerten Gesicht: »Wenn ich dich noch ein Mal erwische, wie du in meinem Arbeitszimmer herumkramst, dann wird unser Ring vermutlich das Einzige sein, was von dir übrig bleibt. Ist das klar geworden?«

»Ist es«, murmelte ich.

Er vertiefte sich in sein Buch, während ich mich leise zurückzog und auf Zehenspitzen in mein Zimmer trippelte. Obwohl es jetzt eigentlich keinen Grund mehr gab, versuchte ich jedes Geräusch zu vermeiden. Zur Hölle,

Mann. Eigentlich schade, dass ich in dem Moment, als ich vor der Türe des Arbeitszimmers gestanden hatte, nicht einfach den Spielstand speichern konnte. Dann hätte ich jetzt abbrechen und neu laden können und beim nächsten Mal einfach nur schneller sein müssen.

Ich schloss die Türe meines Zimmers und nahm den Humidor mit ins Bett. Was mochte bloß in ihm vorgehen, in diesem Professor, der mein Vater war? Vielleicht wusste er es selber nicht. Vielleicht, wer weiß, hätte sich aus dieser Begegnung gerade sogar mal ein Gespräch ergeben können. Aber ich hatte nichts gesagt. Und mir wäre wohl auch nichts eingefallen, wenn ich drei Stunden vor ihm gestanden hätte. Und er? Er hatte im Grunde auch nichts gesagt. Ich schätze, er hatte nett sein wollen und dabei gemerkt, dass er gar nicht recht wusste, wie das geht. Ach, weiß der Geier! Jedenfalls war jetzt klar, dass an dem Ring nicht nur Familiengeschichte hing. Er war auch noch richtig was wert. Ich öffnete das Kästchen und las noch einmal das Gutachten. Zwanzigtausend Mark. Kein Zweifel. Ich musste dieses Teil zurückbekommen.

Mit fliegenden Fingern schrieb ich Joe eine SMS. Die würde sich hoffentlich freuen, weil das in ihren Plan A passte – wie immer der aussah.

#8 Portugal

Die Sonne pikste mir ins Gesicht. Ich wollte mich umdrehen und weiterschlafen, fuhr aber im nächsten Augenblick hoch und zog rasch mein Handy unter dem Kopfkissen hervor, um noch einmal Julius' SMS zu lesen: *Kein Witz: Der Ring ist zehntausend Euro wert! Hab ich sogar schriftlich. Bin jetzt sehr gespannt auf deinen Plan.* Jo, das war ich auch. Dann wurde es jetzt mal langsam Zeit, ernsthaft an dem Plan zu arbeiten.

Ich ging aufs Klo und dann in die Küche, wo sich schmutziges Geschirr und leere Bierdosen um die Wette stapelten. Die Dosen lagen in Führung. Irgendwie fiel mir das immer nur bei Tageslicht auf. Am Tisch saß meine Mum, vor sich eine Kaffeetasse und den Flachmann, und blätterte in irgendwelchen Broschüren.

»Schade, dass wir nicht religiös sind«, brummelte sie.

»Wie kommst du denn auf so was?«, fragte ich. »Bist du schon wieder voll?«

»Hör auf, an mir rumzunörgeln, und hör mir lieber zu. Hier steht, dass man von der Stütze was extra kriegt, wenn ein Kind zur Kommunion geht.«

Ich angelte mir eine Cola aus dem Kühlschrank und erklärte ihr: »Als die anderen Kinder Kommunion hatten, waren wir in der dritten Klasse. Der Zug ist abgefahren, schätze ich.«

»Aber gibt's denn da nicht noch so was Ähnliches bei den Evangelischen?«

Ich nahm einen großen Schluck von der eiskalten Cola. Ich liebe das krasse Gefühl, das erst im Rachen entsteht und dann im Bauch, wenn man vorher noch nichts gegessen hat.

»Was weiß ich?«, brummte ich, setzte mich zu ihr und zog den Flachmann aus ihrer Reichweite.

»Mensch, Joe«, protestierte sie schwach. »Ohne das Zeug schmeckt mir der Kaffee nicht. Und ohne Kaffee werde ich nicht wach. Und wenn ich nicht wach werde, kann ich nicht aus dem Haus gehen und Geld verdienen.«

Meine Mum ging ein bisschen putzen, hatte zwei oder drei Stellen, schwarz, versteht sich.

»Apropos Geld«, begann sie, »hast du noch was Bares da? Dann könntest du mir gerade was pumpen.«

»Nee.« Ich schüttelte den Kopf. »Bin auch ziemlich blank.«

Sie ließ den Kopf zwischen die Schultern fallen und starrte in den Kaffee. Ihre Haare hingen ein bisschen fettig in ihr Gesicht, das eigentlich ein sehr hübsches Gesicht wäre, wenn sie nicht diese Säuferhaut hätte. Das ist für mich eigentlich der wichtigste Grund, nicht mit dem Saufen anzufangen: diese echt übel aussehende Haut, die du dann kriegst. Oder sagen wir, der zweitwichtigste. Der wichtigste Grund ist vielleicht doch, dass man, wenn man richtig säuft, echt erbärmlich ist. Und das ist das Schlimmste. Ich meine, hey: Wir sind arm, meine Mum und ich, also wirklich arm. Ich schäme mich auch nicht dafür. Du kannst arm sein. Aber du brauchst deswegen noch lange nicht erbärmlich zu sein.

»Ist Heinz schon weg?«, fragte ich.

»Hans«, verbesserte meine Mutter. »Ja, Frühschicht. Ich hoffe, wir waren nicht zu laut gestern.«

»Ach was«, winkte ich ab. »Kann Hans dir denn nichts leihen?«

»Hat er schon«, antwortete sie. »Sag mal, gehst du denn nachher noch zur Schule?«

»Es sind Ferien«, antwortete ich. »Hast du das nicht mitgekriegt?«

Sie lächelte schwach. Die Stapel ungeöffneter Briefe von der Schule und vom Jugendamt hätten gut in Konkurrenz zu den Dosen- und Geschirrbergen treten können. Ich hab mal von Leuten gehört, die sind von den Bullen abgeholt und zur Schule gebracht worden. So was ist mir Gott sei Dank noch nie passiert. Ich passte immer auf, wenn ich vormittags in der Stadt unterwegs war, dass ich den Bullen nicht in die Arme lief, denn die würden mir dann schon ein paar unangenehme Fragen stellen. Aber jetzt waren ja Ferien, da fiel ich nicht weiter auf.

An der Wand über dem Herd hing eine Uhr. Schon kurz nach elf.

»Ich muss mal telefonieren«, erklärte ich und stand auf.

Im Schneidersitz auf meinem Bett hockend rief ich Julius an, erreichte aber nur die Mailbox.

»Hey. Ich bin's, Joe. Ruf mich zurück.«

Ich dachte kurz nach, dann wählte ich die Nummer von Walter Wagner. Er war zu Hause.

»Hey. Hier ist Joe.«

»Joe, mein Mädchen.« Fast wollte ich das Handy vom Ohr nehmen und ausschütteln, aber es tropfte gar kein Schleim heraus. »Hätte nicht gedacht, so bald wieder von dir zu hören. Hast du es dir noch mal überlegt mit meinem Swimmingpool? Heute ist ja wieder ein herrliches Wetter.«

»Ich hab was anderes«, erwiderte ich. »Wie sieht es eigentlich mit Schmuck aus? Ich hätte da einen Ring mit einem Stein drauf. Der ist runde zehntausend wert.«

»Schmuck«, wiederholte Wagner gedehnt. »Mit einem Stein? Wem hast du den denn geklaut?«

»Also?«

»Mal sehen«, überlegte Wagner. »Zehntausend ist schon sehr an der Grenze.«

»An der Grenze zu was?« Die Grenze seines Finanzrahmens konnte er wohl kaum meinen.

»Bei Schmuck muss man aufpassen. Je seltener das Zeug ist, desto heißer ist es auch. Weil man es schnell identifizieren kann, wenn es als gestohlen gemeldet ist. Das schränkt die Zahl der potenziellen Kunden ein und das drückt wiederum auf den Preis, verstehst du?«

»Bin ja nicht blöd.«

»Woher weißt du überhaupt, was der Ring wert ist?«

»Ich habe es schriftlich. Und als gestohlen gemeldet ist er übrigens auch nicht. Jedenfalls noch nicht.«

Wagner pfiff durch die Zähne.

»Joe, mein Mädchen«, säuselte er, »du wirst mir natürlich nicht verraten, wie du das alles angestellt hast, aber ich zieh den Hut vor dir. Wir sollten uns treffen. Heute um fünf?«

Ich schaltete einen Gang zurück.

»Mal sehen. Ich habe den Ring nicht hier bei mir. Ich muss ihn erst abholen.«

»Na, wie auch immer«, meinte Wagner. »Das ist deine Sache. Wir treffen uns entweder heute Nachmittag oder aber erst nächste Woche, ich muss geschäftlich für ein paar Tage weg. Mein Flug geht heute Abend.«

Innerlich stieß ich einen Freudenschrei aus. Mein Plan würde besser funktionieren, als ich zu träumen gewagt hatte.

»Heute ist okay. Es ist kein großer Aufwand, den Ring zu holen. Ich bin um fünf bei Ihnen.«

»Gut, Joe. Alles Weitere später. Bis dahin.«

So weit, so gut. Damit alles klappen würde, musste der Deal wirklich über die Bühne gehen, bevor Wagner verreiste. Dazu mussten die Russen ins Boot. Ich war froh, dass ich Wladimirs Nummer noch nicht aus dem Telefonbuch gelöscht hatte. Ich rief ihn an.

»Hey. Hier ist Joe.«

»Ah, Mädchen«, machte er. »Also hast du Geld jetzt, ja?«

»Nicht direkt. Aber bald. Zuerst brauche ich allerdings den Ring.«

»Was soll heißen, nicht direkt?«, gab Wladimir zurück. »Hast du oder hast du nicht? Kriegst du den Ring erst, wenn wir Geld sehen.«

»Lass es dir erklären«, sagte ich. »Ich werde den Ring verkaufen. Er ist was wert.«

Wladimir lachte. Sein Lachen war rau und heiser. Ich mochte es nicht.

»Warum verkaufe *ich* dann nicht, wenn was wert, he?«, fragte er.

Ich konterte: »Weil du überhaupt nicht weißt, wem du so was verkaufen kannst. Oder hast du Kontakte?«

»Na, hast du recht, Mädchen«, gab er zu. »Wann läuft Deal?«

»Ich treffe meinen Hehler heute um fünf. Bis dahin brauche ich also den Ring.«

»Warte.«

Wladimir legte den Telefonhörer beiseite und rief irgendjemandem einen Schwall russischer Wörter zu. Entfernt kam eine Antwort.

Dann meldete er sich wieder: »Fünf geht. Du kommst zu uns um vier.«

»Was?«

»Wir treffen bei uns, dann fahren zu deinem Hehler zusammen, ich und du und Michail.«

»Das kommt überhaupt nicht infrage«, protestierte ich. »Ich kann euch doch nicht einfach so zu dem mit hinnehmen. So was habe ich noch nie gemacht.«

Wladimir meinte gelassen: »Dann du machst erste Mal. Wir gehen zusammen oder läuft kein Deal. So einfach.«

»Fuck«, murmelte ich. Dann sagte ich: »Okay. Ich bin um vier bei euch.«

Mein zufriedenes Grinsen konnte ich kaum unter Kontrolle halten, so gut lief die Sache. Ich ließ mich auf den Rücken fallen und verschränkte die Arme unter dem Kopf.

Während ich meinen Plan noch mal genau durchging, wanderte mein Blick ziellos über die Wände meines Zimmers. Über meinem Fernseher hing diese Postkarte aus São Martinho do Porto, Portugal. Kleine Strandpromenade, weißer Sand, blaue Bucht. Die Karte war in keinem sehr guten Zustand mehr. Wie oft hatte ich sie in der Hand gehabt? Vielleicht tausendmal. Vielleicht öfter. Den Text kannte ich auswendig.

Liebe Joe, ich habe nachgedacht und weiß, dass ich viel Mist gebaut habe. Aber Menschen können sich ändern. Hier ist es schön, es würde Dir gefallen. Wenn Du willst, dann komm einfach her und lebe bei uns. Das mit dem Sorgerecht lässt sich regeln. Hier kannst Du von vorn anfangen, wenn Du wirklich willst. Melde Dich bald! Pa.

Darunter Adresse und Telefonnummer. Über ein Jahr war diese Postkarte inzwischen alt. Mit jedem Tag wurde sie speckiger und knittriger. Und wie ich meinen Dad kannte, war er inzwischen vielleicht schon umgezogen. Vielleicht auch nicht, ich wusste es nicht, denn ich hatte nie zurückgeschrieben, nie angerufen. Das war ich meiner Mum schuldig. Klar, oder?

Ich war elf gewesen, als ich ihn das letzte Mal gesehen hatte. Meine Erinnerung an ihn war inzwischen genauso verschwommen wie die an Neo.

Mein Handy erlöste mich aus diesen Gedanken. Julius war dran, der endlich meinen Plan hören wollte.

Ich schilderte ihm meine Idee so langsam und ausführlich wie möglich. Natürlich hatte er Bedenken. Aber trotzdem beschlich mich das Gefühl, dass er auf genau so einen Coup irgendwie auch Lust hatte. Vermutlich wollte er mal ein Abenteuer erleben.

Schließlich sagte er: »Gesetzt den Fall, alles funktioniert, wie du es sagst. Dann schlage ich vor, du beteiligst mich mit zwanzig Prozent der Summe, die noch übrig bleibt, wenn du deine Schulden bei den Russen bezahlt hast.«

Mir blieb die Spucke weg. Pickelface, dieser anständige Junge aus reichem Hause, wollte mit mir um Kohle feilschen? Ich musste wirklich lachen.

»Mein Ernst«, beharrte Julius.

»Nee, mein Lieber«, widersprach ich ihm. »Dann frag ich lieber jemand anderen, ob er mir hilft.«

Da sagte Julius: »Wenn du jemand anderen hättest, würdest du mich gar nicht erst fragen.«

»Du bist dermaßen ein Klugscheißer«, fluchte ich, »dass dir deine ganze verfickte scheiß Klugheit aus beiden Hosenbeinen quillt!«

Jetzt lachte Julius.

»Na, komm«, meinte er. »Fünfzehn Prozent.«

»Fünf«, entgegnete ich. »Schließlich kriegst du den Ring zurück. Und das ist reiner Goodwill von mir. Ich muss das nämlich nicht tun.«

»Musst du doch«, behauptete er. »Ohne das Gutachten des Juweliers kriegst du nämlich gar nichts.« Er lachte, dann rief er gespielt: »Oh, Hilfe, es quillt schon wieder.«

»Zehn«, sagte ich. »Aber dafür lädst du mich mal schick zum Essen ein, wenn das alles hier vorbei ist.«

Hey! Wie war ich denn jetzt bloß auf so was gekommen? Aber Julius schien sich noch viel mehr darüber zu wundern, denn erst mal sagte er gar nichts. Vermutlich würde sich so ein Reiche-Leute-Kind eher eine Hand abhacken, als mit einer wie mir in ein Restaurant zu gehen.

»Hm«, machte er schließlich. »Abgemacht. Rooney und ich werden da sein. Sag mir mal die Adresse von diesem Wagner.«

#9 Dating

Ich verschlief am nächsten Morgen. Wahrscheinlich auch deshalb, weil ich die halbe Nacht wach gelegen, in den Fotos und Briefen geblättert und über den Professor sinniert hatte. Er musste früher tatsächlich viele Freunde gehabt und interessante Sachen gemacht haben. Komisch, wie wenig ich eigentlich von ihm mitbekam. Außerdem hatte ich viel an Joe denken müssen und mich gefragt, wie es sein mochte, so ein Leben zu führen wie sie. Und was man eigentlich tun musste, um sich mit fünftausend Euro bei Leuten zu verschulden, denen man zutraut, dass sie einen umbringen.

Seltsamerweise hatte ich auch gar keine Lust, den Vormittag im Freibad zu vertrödeln. Nach meinen nächtlichen Grübeleien kam mir das geradezu banal vor. Viel lieber wollte ich wissen, wie Joes Plan aussah. Mit jeder Minute, in der der Ring fort war, wuchs die Wahrscheinlichkeit, dass der Professor den Verlust entdeckte.

Rooney und die Mädchen waren längst da, als ich ankam. Sie hatten es sich auf ihren Decken in der Nähe des großen Beckens bequem gemacht und lagen, die Köpfe zusammengesteckt, auf der Wiese wie ein großer Mercedesstern aus drei Körpern. Ein ziemlich ungleichmäßiger Stern allerdings, denn während Rooney klein und stämmig war, erschien mir Lenas Freundin Nele geradezu grotesk lang und dünn geraten. Lena hingegen hatte den perfekten Körper, fand ich, die Wassertropfen auf ihrem Rücken glitzerten in der Sonne und ich war mir sicher, dass ich mit ihr als Freundin Eindruck machen würde. Was für ein bescheuerter Gedanke von mir! Und plötzlich jagte ein noch bescheuerterer hinterher: Wie mochte Joe wohl im Badeanzug aussehen? Doch bevor ich Zeit hatte, mich selber darüber zu wundern, was ich so dachte, bemerkten mich die drei.

Lena grinste mich breit an und ich fühlte mich ertappt, obwohl sie natürlich nicht grinste, weil ich an Joe gedacht hatte, sondern bestimmt nur deswegen, weil Rooney den beiden garantiert schon die ganze Geschichte von diesem räudigen Ring aufgetischt hatte – wenn sie sie nicht sowieso längst von Clara gehört hatten.

Lena meinte süffisant: »Na? Ein bisschen Pech gehabt, neulich abends?«

Toll. Ich ließ meinen Rucksack fallen und breitete mein Handtuch aus. Immerhin war Lena nicht mehr beleidigt, weil wir uns am Mittwochabend so abgeschossen hatten, Rooney und ich. Ihr und Nele jetzt aber die ganze Geschichte zu erklären, darauf hatte ich wirklich keine Lust. Vielmehr wollte ich unbedingt mit Rooney über den Ring – den Zehntausend-Euro-Ring – reden.

»Ich muss mich erst mal abkühlen«, sagte ich und gab Rooney mit den Augen zu verstehen, dass er mir ins Wasser folgen sollte.

»Ich dreh auch noch 'ne Runde«, rief Rooney, als er es endlich kapiert hatte. Wir ließen die beiden Mädchen allein. Ich machte einen Kopfsprung ins Becken, Rooney folgte mit einer ansehnlichen Arschbombe. Er tauchte neben mir auf, schob sich die triefenden Dreads aus dem Gesicht und fragte mit verschwörerischem Blick: »Und?«

»Was und?«, gab ich zurück. »Willst du wissen, was der Ring wert ist?«

Rooney nickte und ich zeigte ihm beide Hände mit ausgestreckten Fingern.

»Hä?«, machte er.

»Zehn«, sagte ich. »Bis zehn kannst du doch zählen, oder?«

»Zehn?«, wiederholte er, immer noch ohne jeden Plan.

Ich zog seinen Kopf zu mir heran und flüsterte ihm (obwohl es um uns herum so laut war, dass es sowieso niemand gehört hätte) leise ins Ohr: »Tausend.«

»Zehntausend?«, entfuhr es ihm.

Ich zuckte zusammen.

»Nicht so laut, Mann, Rooney«, schimpfte ich.

Rooney wedelte mit der Hand, als hätte er sich irgendwo verbrannt.

»Scheiße, Alter«, stieß er halblaut hervor. »Und jetzt?«

»Ich warte auf Joes Anruf, dann sehen wir weiter.«

Damit tauchte ich unter und stieß mich vom Beckenrand ab. Wir schwammen und planschten noch ein bisschen herum und kletterten dann aus dem Schwimmbecken. Lena winkte mir zu, wobei sie mit meinem Handy herumfuchtelte.

»Es hat geklingelt«, sagte sie. »Im Display stand ein Name. Joe. Ist das nicht die?«

Na super, Lena schien ja komplett informiert zu sein.

»Doch, das ist *die*«, antwortete ich knapp und vielleicht eine Spur zu barsch. Warum musste ich Depp gestern Abend auch Joes Nummer in mein Telefonbuch speichern? Andererseits: Warum musste Lena mit meinem Handy herumfummeln? Ich warf mir mein Handtuch über die Schulter und nahm ihr das Telefon aus der Hand.

Ich hörte die Mailbox ab. »Ruf mich zurück«, war Joes knappe Ansage.

Ich kramte meine Zigarettenpackung aus dem Rucksack und murmelte: »Ihr entschuldigt mich einen Moment.«

»Klar«, grinste Nele. »Wenn du in Ruhe mit deiner tollen Asi-Freundin reden möchtest.«

Ich schoss einen tödlichen Blick auf Nele ab und entfernte mich. Im hinteren Teil der Wiese, wo sich noch niemand hingelegt hatte, setzte ich mich auf eine Bank, zündete mir eine Kippe an und drückte auf die Rückruftaste.

Joe ging sofort dran und kam mir ziemlich aufgeregt vor. Diese Aufregung hatte aber nichts von Beunruhigung, eher schien sie sich über den Plan zu freuen, den sie ausgeheckt hatte.

»Pass gut auf«, begann sie. »Ich habe einen Geschäftspartner, der mir so Sachen abkauft, die mir über den Weg laufen.«

»Ein Hehler«, stellte ich fest. »So nennt man das doch.«

»Von mir aus«, meinte sie. »Ich geh zusammen mit den Russen zu ihm. Ich hab mit ihm gesprochen, er ist bereit, uns den Ring abzukaufen. Dazu brauche ich natürlich die Rechnung.«

»Was für eine Rechnung?«

»Na, die Rechnung von dem Ring. Du hast mir doch geschrieben, du hättest schriftlich, dass der Ring zehntausend Euro wert ist.«

»Ach so«, machte ich. »Nein, es gibt keine Rechnung. Ich habe ein Gutachten gefunden. Von einem Juwelier. Es ist schon zwanzig Jahre alt, aber so ein Ring, der verliert ja sicher nicht an Wert.«

»Nee«, stimmte sie mir zu, »eher im Gegenteil, denke ich mal. Also, ich brauche das Gutachten, und zwar heute Nachmittag. Um fünf gehe ich mit den Russen zu ihm und wir verkaufen das Ding, und damit bezahle ich dann meine Schulden bei denen. Kommst du so weit mit?«

»Ja«, sagte ich. »Ich frag mich bloß, wann die Stelle kommt, wo ich den Ring zurückkriege.«

»Die kommt jetzt«, beruhigte mich Joe. »Wagner, so heißt mein Hehler, verreist heute Abend. Wenn er weg ist, steige ich bei ihm ein und hole den Ring wieder raus. Dann bekomme ich mein Geld von dir zurück und wir sind quitt.«

Die Stirn runzelnd zog ich an der Zigarette und blies langsam den Rauch aus.

»Hast du keine Angst«, fragte ich dann, »dass dein Hehler sofort checkt, dass du den Ring gestohlen hast?«

»Nein«, antwortete Joe überzeugt. »Ich lass es so aussehen, als wären es die Russen gewesen. Schließlich will ich die beiden ja auch nicht einfach so mit dem schönen Geld davonkommen lassen.«

»Und dann?«

»Keine Ahnung, das können Wagner und die Russen dann meinetwegen unter sich ausmachen.«

»Aber letztlich betrügst du ja vor allem diesen Wagner«, gab ich zu bedenken.

»Das ist mir ziemlich wurst«, meinte sie. »Erstens ist er auch nur ein blöder Wichser und zweitens trifft es wirklich keinen Armen. Die Sache hat nur noch einen klitzekleinen Haken. Ich bräuchte jemanden, der Schmiere steht, während ich in Wagners Haus bin.«

»Und das wäre dann ich«, vermutete ich.

»Bingo.«

Das gefiel mir ganz und gar nicht. Ich zog noch einmal an der Zigarette, schnippte sie weg und sagte: »Ich hatte unsere Abmachung so verstanden, dass du den

Ring besorgst und dein Geld zurückbekommst. Und alles Weitere geht mich nichts an.«

»Nicht ganz«, widersprach sie. »Unsere Abmachung war, dass ich dich vor heute Nachmittag anrufe und einen Plan A habe. Es ist ja nun wirklich nicht schwer, ein bisschen aufzupassen, ob Wagner nun zufällig doch wieder zurück zu seinem Haus kommt, weil er vielleicht was vergessen hat oder so. Kannst ja meinetwegen Rooney mitnehmen.«

Ich wollte weiter protestieren, aber zugleich malte ich mir schon aus, wie Rooney und ich die Sache mit Joe zusammen durchziehen würden. Es machte mich irgendwie an, es kribbelte fast ein bisschen. Warum, das wusste ich auch nicht so genau. Jedenfalls war es besser, als hier im Freibad rumzuhängen. (Am liebsten hätte ich allerdings meine Mutter vorher gefragt, ob es strafbar war, für jemanden Schmiere zu stehen. Obwohl ich mir die Antwort eh denken konnte.) Und dann kam mir noch eine Idee.

»Gesetzt den Fall, alles funktioniert, wie du es sagst. Dann schlage ich vor, du beteiligst mich mit zwanzig Prozent der Summe, die noch übrig ist, wenn du deine Schulden bei den Russen bezahlt hast.«

Joe lachte wieder dieses Lachen wie gestern, als wir im Café gesessen hatten.

»Mein Ernst«, bekräftigte ich.

»Nee, mein Lieber«, widersprach sie mir. »Dann frag ich lieber jemand anderen, ob er mir hilft.«

Es machte richtig Spaß. Wir feilschten rum wie in einem Gangsterfilm und ich wollte rauskriegen, wie weit ich gehen konnte.

»Zehn«, meinte sie schließlich. »Aber dafür lädst du mich mal schick zum Essen ein, wenn das alles hier vorbei ist.«

Ich stutzte. Die wollte von mir zum Essen eingeladen werden? Bevor ich noch überlegte, ob ich das wirklich tun würde, zog an meinem inneren Auge eine Diashow von Restaurants vorbei. Wohin konnte ich mit ihr gehen, wo ich noch nie mit meinen Eltern war und wo ich auch nie wieder hingehen würde? Aber das war jetzt erst mal egal, ich musste antworten.

»Hm«, machte ich schließlich. »Abgemacht. Rooney und ich werden da sein. Sag mir mal die Adresse von diesem Wagner.«

Sie gab mir die Daten durch und wir verabschiedeten uns.

Ich ließ das Handy sinken und guckte grübelnd in die Luft. Die wollte von mir zum Essen eingeladen werden! Würde sie das wollen, wenn sie mich wirklich so scheiße fand, wie sie tat?

Fast ein bisschen beschwingt ging ich zu den anderen zurück. Sofort zickte mich Lena an: »So, nachdem du zu spät gekommen bist, dich abgekühlt hast und das Endlosgespräch mit dieser Joe vorbei ist – hast du jetzt vielleicht ein bisschen Zeit für uns?«

»Und ob«, rief ich, griff nach ihrer Hand, zog sie hoch

und zum Beckenrand, wo ich sie schwungvoll hineinwarf. Mit lautem Kreischen ließ sie sich von mir ins Wasser werfen, ich sprang hinterher und wollte ihren Kopf fassen, um sie unterzutauchen, aber sie war irgendwie schneller, packte mich von hinten an der Stirn und zog mich hinab. Wasser drang mir in die Nase, ich befreite mich und kam prustend wieder hoch. Lena lachte und wollte sich erneut auf mich stürzen, aber ich hob abwehrend die Hände und rief: »Frieden! Ich ergebe mich!«

»Okay«, meinte sie. »Aber nicht einfach so. Zur Wiedergutmachung dafür, dass du mich ins Wasser geworfen hast, lädst du mich heute Abend ins Kino ein.«

Wow! Ins Kino! Nur sie und ich! Mann, wir hatten Ferien: Wir würden den ganzen Abend zusammen verbringen! Kurz fragte ich mich, ob mir auch was einfallen würde, worüber wir den ganzen Abend reden könnten. Ich nahm mir vor, gar nicht viel zu reden, sondern Lena einfach bei der ersten Gelegenheit in den Arm zu nehmen und zu küssen.

So wurde es doch noch ein netter Vormittag im Freibad. Nur Rooney schien die ganze Zeit ein bisschen ungeduldig zu sein. Als wir endlich aufbrachen, Lena und Nele sich verabschiedeten und ich mit Rooney bei unseren Fahrrädern draußen vor dem Eingang stand, platzte er heraus: »Komm schon, Alter, was hat sie gesagt, Mann?«

»Sie will mit mir ins Kino gehen«, antwortete ich stolz. »Ich hole sie heute Abend um halb acht ab.«

»Wie bitte?« Rooney glotzte mich an. »Du willst mit Joe ins Kino?«

»Quatsch, mit Lena.«

Ich erzählte ihm von Joes Plan. Er missfiel ihm so lange, bis ich ihm berichtete, dass Joe mich mit zehn Prozent beteiligen wollte.

»Also von dem Geld bekomme ich dann doch sicher auch was ab?«, fragte er und seine Augen leuchteten. Nicht dass er irgendwie Geld brauchte. Auch ihn hatte sofort der Gedanke an ein echtes Abenteuer gepackt. Nicht wie am PC, sondern mit echtem Geld. Und echtem Risiko.

»Von mir aus«, grinste ich.

»Wo wohnt denn dieser Hehler?«, wollte er wissen.

Ich nannte ihm die Straße und Rooney sah mich mit großen Augen an.

»Kennst du die Gegend?«, fragte er mich.

»Klar«, sagte ich. »Dieser Supernobelvorort, dagegen ist unser Viertel der letzte Slum. Wieso?«

»Überleg doch mal«, sagte er eindringlich. »Stell dir mal unsere Gegend vor. Große, frei stehende Häuser, gepflegte Allee. Wie willst du denn da die ganze Zeit herumlungern, ohne dass es irgendwem auffällt? Ich meine, in einer Hochhaussiedlung oder so, wo keiner den anderen kennt, da kann man sich sicher stundenlang vor einer Haustüre rumdrücken, ohne dass das jemand seltsam findet. Da hängen die Leute in unserem Alter eh den ganzen Tag auf der Straße ab. Hast du in deiner Straße schon mal Jugendliche abhängen sehen?«

»Nee«, schmunzelte ich. »Die sind ja immer in der Schule, beim Klavierunterricht, im Japanischkurs oder beim Fechten.«

»Oder beim Fußball«, ergänzte Rooney. »Oder sie stehen gerade Schmiere, um einen Einbruch zu decken. Mann, wir müssen uns was einfallen lassen.«

Ich sah ihn zweifelnd an.

»Aber du kommst doch mit, oder?«

»Alter, ich sagte, *wir* lassen uns was einfallen. Natürlich komme ich mit. Und so kreativ wie deine Joe sind wir auch.«

Ich protestierte: »Das ist nicht meine Joe.«

Rooney grinste nur. Dann wurde er wieder ernst und fragte: »Hat eigentlich dein Vater schon irgendwie bemerkt, dass der Ring fehlt?«

»Nee, nicht die Spur. Alles, was ihn gestern Abend interessiert hat, war, wie es Edgar geht, du weißt schon, dem Typ, mit dem meine Mutter die Kanzlei betreibt, und wann der mal zum Essen kommt.«

Rooney zuckte bloß mit der Schulter. Mich aber streifte wieder ein seltsames Gefühl, als ich an diesen Edgar dachte.

Auf dem Heimweg nahm ich einen Umweg und fuhr an der Kanzlei meiner Mutter vorbei. Vor dem modernen Haus aus Stahl und Glas hielt ich an. Irgendwo hinter diesen Scheiben, die keine Blicke durchließen, sondern nur das Sonnenlicht zurückwarfen, saß meine Mutter.

Manchmal bis spätabends. So in ihre Arbeit vertieft, dass sie nicht mal ans Telefon ging.

Ich dachte an das Haus draußen vor der Stadt, das Wochenendhaus von Edgar und seiner Frau Karin, in dem wir früher alle zusammen mal ein paar Tage verbracht hatten. Und was, jetzt nur mal angenommen, wenn sie an den Abenden, an denen sie nicht mehr ans Telefon ging, mit ihm da draußen war? Ich schüttelte mich. Zur Hölle, die Vorstellung war wirklich ekelhaft. Ich wandte mich ab und fuhr heim.

#10 Business

Wladimir lebte bei seinem Großonkel, der irgendwas Handwerkliches machte. In der Innenstadt besaß dieser Onkel einen kleinen Laden und wohnte direkt darüber. Wladimir hatte früher mit seinen Eltern im Russengetto gehaust, einer kleinen Siedlung am Stadtrand, die man vor ein paar Jahren für die Leute gebaut hatte, die aus der Ex-Sowjetunion gekommen waren. Da war er aufgewachsen und hatte sich zu einem ordentlichen kleinen Schläger gemausert, bevor er über Erziehungsheim, Sozialstunden und Jugendarrest im Jugendknast gelandet war. (Schwere Körperverletzung, was sonst?) Heute war er amtlich resozialisiert, wie die das nennen. Mit anderen Worten: Heute war er ein ordentlicher großer Schläger. Ich meine, hey: Jeder weiß, dass man als Kleinkrimineller in den Knast einrückt und als abgebrühter Berufsverbrecher wieder rauskommt. (Wie Neo eines Tages drauf sein würde, wenn sie ihn wieder rausließen, wollte ich mir gar nicht erst vorstellen.) Im Grunde taten mir die Russen fast ein bisschen leid. Sie sahen aus wie Russen und redeten wie Russen, aber sie hatten deutsche Pässe. Ihre

Vorfahren waren angeblich mal aus Deutschland nach Russland ausgewandert und hatten da gelebt, bevor so ein Wichser namens Stalin sie eingesammelt und nach Kasachstan geschickt hatte, an den Arsch der russischen Welt also. Wladimir und Michail waren Kinder von Leuten, die in Deutschland ihr Glück suchten, aber Wladimir und Michail waren nie gefragt worden, ob sie nach Deutschland wollten. Für die Kasachen waren sie die Scheißrussen gewesen, für die Russen waren sie die Scheißdeutschen und hier in Deutschland schrieb man ihnen die Vornamen Waldemar und Michael in die Pässe und ließ sie auf die Straßen raus, wo sie für die anderen doch nur wieder die Scheißrussen waren. Keine Ahnung, wofür sie sich selber hielten. Keine Ahnung auch, warum mir dieser ganz Mist ausgerechnet jetzt durch den Kopf ging. Und plötzlich war das auch ganz unwichtig, denn als ich vor dem Laden stand, traf es mich wie der Blitz. Wladimirs Onkel war Goldschmied!

Die ganze Zeit über hatte ich gedacht, dass Wladimir null Kontakte hatte, um den Ring zu verticken. Na ja, vielleicht war sein Onkel ein zu ehrlicher Mensch, um sich mit geraubtem Zeug zu beschäftigen. Ich konnte nur hoffen, dass es so war. Alles andere hätte nämlich bedeutet, dass die Russen mit mir eine noch größere Verarsche planen würden als ich mit ihnen. Ich wischte den Gedanken weg und betrachtete das Klingelschild. Darauf standen die Namen Iwan Sand und Waldemar Müller. Wladimir selbst ignorierte seinen eingedeutschten Namen natürlich. Wenn man ihn trotzdem Waldemar nannte, holte man sich leicht eine blutige Nase. Seinen Nachnamen sprach er beharrlich Miller aus.

Ich klingelte nicht an der Haustüre, sondern betrat den Laden im Erdgeschoss, einen kleinen, dunklen Raum, in dessen Mitte ein Werktisch stand. An den Wänden waren verschiedene Schmuckstücke ausgestellt. Ein schwerer roter Vorhang versperrte die Sicht in den hinteren Teil. Als die Türe hinter mir zufiel, erzeugte sie einen hellen Glockenklang. Hinter dem Vorhang kam ein hagerer alter Mann mit wirren schlohweißen Haaren und einem mächtigen weißen Bart hervor. Offenbar Iwan Sand, der Großonkel, ihn hatte ich noch nie getroffen. Ich war zuvor nur ein einziges Mal hier gewesen, irgendwann im letzten Herbst, kurz nachdem Neo endgültig sein Urteil kassiert hatte.

Iwan Sand sah mich freundlich an: »Sie wünschen, junges Fräulein?«

»Hey«, sagte ich. »Mein Name ist Joe. Wladimir wartet auf mich.«

Der Alte drehte sich um und rief: »Waldemar! Hier ist ein Mädchen.«

Aus dem hinteren Raum hörte ich Wladimirs Stimme, der auf Russisch antwortete.

»Sie möchten bitte draußen warten«, erklärte Iwan Sand höflich. Dann drehte er sich um und schimpfte: »Sprich deutsch, Waldemar, wenn Kunden im Laden sind.«

Wladimir antwortete mit einem russischen Wortschwall, der auch ohne Übersetzung einen mittleren Wutanfall signalisierte.

»Und dennoch, Waldemar«, entgegnete der Alte ungerührt. Dann sagte er, wieder zu mir gewandt: »Wenn ich Sie bitten darf, draußen zu warten?«

»Von mir aus«, meinte ich und trollte mich.

Draußen auf der Straße drehte ich mir eine Kippe und wartete. Nach ein paar Minuten tauchte Wladimir endlich auf und hatte natürlich Michail im Schlepptau.

Wladimir grinste über sein ganzes kantiges Gesicht.

»Haben wir heute wunderschönen Tag, was?«, meinte er.

»Haben wir«, nickte ich. »Hast du den Ring?«

Wladimir fuhr mit der Hand in die Hosentasche, zog sie wieder heraus und streckte sie mir offen hin. Auf seinem Handteller lag der Ring. Das Gold glänzte in der Sonne und der Brillant funkelte mit seinen unzähligen Facetten. Ich wollte nach dem Ring greifen, aber Wladimir schloss die Hand blitzschnell und ließ das Ding wieder in seiner Tasche verschwinden.

Michail, ein paar Jahre älter als ich, hatte zwei Straßen weiter ein Auto geparkt. Wladimir stieg zusammen mit mir hinten ein, vielleicht um zu verhindern, dass ich irgendwelche Dummheiten machte, was auch immer das für Dummheiten hätten sein können – mir jedenfalls wären keine eingefallen. Im Gegenteil, in seiner Nähe fühlte ich mich immer beengt, fast wie eingeschnürt. Aber auch diesmal machte er keine Anstalten, mich auch nur zu berühren. Meine Drohung von damals schien immer noch zu wirken.

Ich dirigierte Michail durch die Stadt und hinaus in den Vorort, in dem Wagners dickes Haus stand.

»Nicht schlecht«, kommentierte Wladimir die Gegend. Die meisten Grundstücke waren von hohen, dichten Hecken umgeben, manche sogar von einer Palisade oder Mauer, und an nicht wenigen Einfahrten sah man Sicherheitskameras. Hier war wirklich das große Geld zu Hause. Wagners Bude dagegen wirkte fast schon wieder freundlich und offen, stand einfach auf dem Grundstück herum. Während der Blick auf den hinteren Teil des Geländes (mit dem besagten Swimmingpool) von Bambus versperrt wurde, gab es zur Straße hin nur einen penibel gepflegten Rasen. Keine Hecke, kein Zaun, keine Mauer. Der Rasen schien zu signalisieren: Hey, hier lebt einer, der echt nichts zu verbergen hat. Vermutlich galt Walter Wagner in der Nachbarschaft als der etwas eigenbrötlerische, aber freundliche dicke Mann von nebenan, und niemand ahnte auch nur, mit welchen Geschäften er seine Kohle verdiente. Als wir uns dem Haus näherten, stutzte ich. Schräg gegenüber auf der anderen Straßenseite sah ich zwei Jungen, die es sich in Klappstühlen bequem gemacht hatten. Natürlich Julius und Rooney. Hey, waren die noch ganz dicht? Unauffälliger ging es ja wohl kaum! Ich konnte es nicht fassen. Sie sollten einfach nur da sein, mir das Gutachten geben und sich ansonsten unverdächtig verhalten. Aber die benahmen sich, als wäre das ein witziger Ausflug, über den sie nachher einen Aufsatz schreiben würden: Mein schönstes Ferienerlebnis.

Michail parkte den Wagen am Straßenrand. Ich sagte: »Eine Sekunde, bin gleich wieder da.«

Damit sprang ich aus dem Auto und lief zu den beiden hinüber. Jetzt erkannte ich, dass sie Zeichenblöcke auf ihren Knien liegen hatten, auf denen sie mit Bleistift fleißig herumkritzelten.

»Was soll das denn sein?«, fuhr ich sie an.

Rooney blickte irritiert auf und verkündete mit sehr ernsthaftem Ton: »Ferienakademie. Kunstkurs.«

Und Julius ergänzte: »Perspektivisches Zeichnen.« Dabei wies er mit dem Arm die Straße hinunter. »Herrliche Vorlage, oder?«

Ich warf einen Blick auf die Zeichenblöcke.

»Ist der Kurs für Anfänger, oder?«, schmunzelte ich. »Habt ihr das Gutachten?«

Julius hob den obersten Bogen seines Blocks an. Darunter lag ein zusammengefaltetes Blatt Papier, das ich mit einer raschen Bewegung einsteckte.

»Wir sehen uns später«, sagte ich und lief zurück zu den Russen.

»Wer ist das?«, wollte Michail wissen.

»Kunstkurs«, antwortete ich. »Von der Ferienakademie. Ich wollte mal kurz checken, ob das vielleicht Zivilbullen sind. Ist aber Quatsch. Die Typen sind höchstens fünfzehn.«

»Das sieht sich auch von hier so aus«, knurrte Wladimir. »Warum nervös?«

»Ach, keine Ahnung«, winkte ich ab. »Lasst uns reingehen.«

Wir schritten den säuberlich geharkten Kiesweg hinauf und läuteten an Wagners Türe. Er öffnete und sah uns überrascht an.

»Ich dachte, du kommst allein.«

»Das sind die Hüter des Rings«, erklärte ich. »Sie hüten ihn dermaßen gewissenhaft, dass sie sich nicht von ihm trennen wollten.«

»Verstehe.« Wagner maß mich mit zusammengekniffenen Augen. »Aber du weißt, dass ich so was nicht gerne sehe.«

»Weiß ich. Kommt auch nicht wieder vor. Was die hier betrifft, die sind sauber.«

Wladimir, der anscheinend auch irgendetwas sagen wollte, gab Wagner die Hand.

»Miller.«

»Ja, ja«, knurrte Wagner unfreundlich. »Kommt rein.«

Wagners Wohnzimmer war spärlich, aber edel eingerichtet. Weiße Ledersofas und helle Regale. Heraus stach nur seine alte Holztruhe, mit der er wohl irgendwas Sentimentales oder Romantisches verband, denn sie passte kein bisschen hier hinein. Da drin, das wusste ich, bewahrte er Ware auf, die er nicht für längere Zeit in seinem Keller zwischenlagern wollte. Die Truhe stand offen und auf dem Tisch zwischen den Sofas lag ein aufgeklappter Metallkoffer. Anscheinend plante Wagner eine Verkaufsreise. Fast wie ein Vertreter, dachte ich.

»Setzt euch«, sagte er. »Tut mir leid, dass ich euch nichts zu trinken anbieten kann, meine Zeit ist knapp. Aber das hier wird ja sicherlich auch nicht lange dauern.«

Wir nahmen Platz, Wagner klappte den Koffer zu und stellte ihn neben sich.

»Dann zeigt mal, was ihr habt.«

Wladimir legte den Ring auf den Tisch. Wagner pflückte ihn mit Daumen und Zeigefinger von der Tischplatte und hielt ihn gegen das Licht.

»Schön«, urteilte er. »Sieht wie ein Brillant aus.«

Ich zog das Blatt Papier von Julius aus der Hosentasche und reichte es ihm. Er faltete es auseinander und las.

»Juwelier Graf«, sinnierte Wagner, »ist der nicht schon tot? Hm. *Dass es sich ... um einen sehr schön geschliffenen Brillanten handelt, der im Verkauf auf dem freien Markt ohne jeden Zweifel einen Erlös von nicht unter DM 20 000,00 erzielen dürfte.* So weit, so gut.«

Er hielt Wladimir den Schrieb entgegen und fragte: »Wer ist denn dieser Dr. Ziebel? Ein Arzt hier in der Stadt?«

Die Russen sahen Hilfe suchend zu mir. (Für ein Foto von dieser Szene hätte ich echt was gegeben.)

»Nein, der macht irgendwas mit Mathematik«, erklärte ich.

»Gut«, nickte Wagner. »Ärzte sind zu bekannt.«

Er faltete das Gutachten zusammen und legte es wieder auf den Tisch.

»Wer garantiert mir, dass dieser Ring wirklich der ist, von dem dieser Brief spricht?«

»Ich«, sagte ich selbstbewusst.

Wagner grinste.

»Gut«, meinte er dann. »Du hast mich noch nie gelinkt, Joe, mein Mädchen.«

Er erhob sich.

»Dann hätten wir für heute alles besprochen.«

Ich erschrak. »Was soll das heißen?«

»Dass ich nach meiner Rückkehr einen Fachmann meines Vertrauens zurate ziehen werde, was diesen Ring betrifft. Wenn der das Gutachten bestätigt, dann sind wir im Geschäft.«

Ich sprang ebenfalls auf.

»Die Sache ist klar«, rief ich erregt. »Wozu sind wir extra heute hergekommen?«

Wagner ließ sich wieder auf dem Sofa nieder und schaute mich belustigt an.

»Du hast Geldsorgen, was, Joe, mein Mädchen?«

Ich setzte mich wieder hin und schwieg.

»Warum hast du das nicht gleich gesagt?« Ich sah schon wieder die Speichelfäden aus seinen Mundwinkeln hängen. »Du weißt doch, dass ich immer für dich da bin.«

Ich nahm meinen Mut zusammen und sagte beharrlich: »Bleiben wir bei dem Ring. Wie viel?«

Wagner lehnte sich zurück und meinte: »Sechs.«

»Sechs?«, entfuhr es mir. »Wir reden hier über einen Ring für zehntausend Euro.«

»Eben«, nickte Wagner. »Und als Diebesgut bringt er vermutlich acht. Die Leute müssen ja was davon haben, wenn sie beim Hehler kaufen und nicht im Laden. Bleibt noch mein Anteil von fünfundzwanzig Prozent. Sind wir also bei sechs.« Er faltete selbstgefällig die Hände auf seinem dicken Bauch und meinte: »Tja, there's no business like Klau-Business, nicht wahr, Joe?«

Ich schaute Wladimir und Michail an. Die beiden hatten staunend unseren Handel verfolgt und schwiegen fast ehrfürchtig.

»Also sechs«, bestätigte ich. »Wir sind uns einig.«

»Wären denn drei vorab der Dame genehm?«, fragte er mit öliger Stimme.

»Wären es nicht«, antwortete ich kopfschüttelnd. »Ich brauche fünf, und zwar heute.«

Der Hehler seufzte theatralisch.

»Weil du es bist.« Damit erhob er sich. »Ich gehe kurz nach oben.«

Wagner verschwand aus dem Raum.

Wladimir warf mir einen anerkennenden Blick zu.

»Kriegst du mein Respekt«, lobte er.

»Kriegst du dein Geld«, äffte ich seinen Akzent nach. »Und danach gehen wir getrennte Wege, ihr und ich.«

Ich erhob mich und schlenderte ein wenig im Zimmer

umher. Wagners Großzügigkeit gefiel mir gar nicht. Vermutlich würden jetzt seine Ansprüche steigen, und zwar nicht die an meine Ware. Zum ersten Mal fragte ich mich, ob ich eigentlich auch mal ohne ihn klarkommen könnte. Aber hey: Für solche Gedanken hatte ich später noch Zeit. Ich sollte jetzt lieber mal überlegen, wie eigentlich mein Plan weiterging. Ganz beiläufig schaute ich in die alte Holztruhe. Darin sah ich die Autoradios, die ich Wagner vorgestern verkauft hatte, ein paar Uhren, aber auch Champagnerflaschen und ähnlichen Luxuskram. Vermutlich waren die Sachen in dieser Truhe für Wagner eher der Kleinscheiß, den er nebenher vertickte. Das große Geld machte er sicher mit anderen Dingen. Vielleicht Autos, vielleicht Kunst, vielleicht hatte er auch mit Drogen zu tun, keine Ahnung. Interessierte mich auch nicht. Zwischen all den Sachen in der Kiste entdeckte ich einen zierlichen Dolch, reich verziert, aber anscheinend kein antikes Stück, jedenfalls glänzte die Klinge wie neu, als ich ihn aus der Kiste zog und hochhielt. Ich hörte, wie Wagner die Treppe herunterkam.

»Guck mal, Wladimir«, sagte ich laut. »Wolltest du nicht immer schon so ein Teil haben?«

Der Russe starrte mich irritiert an.

»Joe«, rief Wagner, der jetzt mit einem Bündel Geldscheine in der Hand im Türrahmen stand. »Verdammt, was hast du in der Kiste zu suchen?«

»Entschuldigung«, murmelte ich und legte den Dolch zurück. »Ich muss mal pinkeln.«

»Du weißt ja, wo es ist«, brummte Wagner. »Aber trödel nicht rum, ich muss zum Flughafen.«

»Nö, ich beeil mich.«

Im Erdgeschoss gab es ein kleines WC mit Fenster zum Garten. Das Fenster war nicht vergittert, aber im Milchglas war ein dichtes Netz aus Metallfäden eingelassen, sodass man es unmöglich einschlagen konnte. Ich drehte den Riegel zur Seite. Dann zählte ich bis zwanzig, betätigte die Klospülung, wusch mir die Hände und ging zurück ins Wohnzimmer. Dort versuchte Wladimir gerade, Wagner davon zu überzeugen, dass er wirklich nicht an dem Dolch interessiert sei.

»Für tausend gehört er dir«, redete der Hehler auf ihn ein. »Können wir gleich hier verrechnen.«

Als ich eintrat, drehte sich Wagner zu mir um und sagte: »Deine Freunde behaupten, dass die fünf für sie sind. Ist das richtig?«

»Nein und ja«, erwiderte ich. »Es sind nicht meine Freunde. Aber: Jep, das Geld ist für sie. Die restlichen tausend Euro gehören mir. Ich hole sie dann ab, wenn Sie sich vom Wert des Rings überzeugt haben.«

Wagner setzte wieder sein fieses Grinsen auf.

»Du arbeitest also auch auf Provisionsbasis«, stellte er fest. »Joe, du wirst noch mal eine ganz Große, das weiß ich. So, und jetzt raus mit euch, ich bin wirklich spät dran.«

Wladimir strich die zehn Geldscheine ein und die

Russen erhoben sich. Wagner begleitete uns zur Türe.

»Ich melde mich«, sagte er zu mir, dann schob er uns hinaus.

Draußen stellte Wladimir zufrieden fest: »Dann jetzt sind wir quitt, Mädchen.«

»Nicht ganz«, widersprach ich ihm. »Jetzt schuldet ihr mir die einhundertsiebzig Euro, die ihr mir am Mittwochabend abgenommen habt.«

»Zinsen«, behauptete Michail frech.

Aber Wladimir schnitt ihm mit einer knappen Geste das Wort ab und sagte: »Wir machen Geschäfte ehrlich. Kriegst du deine hundertsiebzig. Nur hab ich jetzt nicht Kleingeld.«

»Schick's mir per Post«, meinte ich. »Hast ja meine Adresse. Und jetzt macht's gut.«

Damit ließ ich die beiden stehen und schlenderte lässig davon. Im Augenwinkel sah ich die neugierigen Blicke von Julius und Rooney. Ohne sie zu beachten, drehte ich mir eine Kippe und folgte gemächlich einer Straßenbiegung. Bald überholten mich die beiden Russen in Michails Auto und verschwanden um die nächste Ecke.

Okay, bis jetzt war alles glattgelaufen. Ich rauchte und ging ein bisschen auf und ab. Wenige Minuten später vibrierte schon mein Handy.

#11 Fluchtpunkte

Rooney stupste mich an und raunte mir zu: »Da. Sie kommen wieder raus.«

Ich hob den Blick von meiner Zeichnung und sah, dass Joe mit den beiden Russen vor dem Haus stand. Sie beredeten noch irgendwas, dann trennten sie sich. Die beiden Kerle gingen zu ihrem Auto, stiegen ein und fuhren davon. Joe drehte sich eine Kippe und würdigte uns keines Blickes. Mit stoischer Ruhe spazierte sie an uns vorbei. Bald war sie aus unserem Sichtfeld verschwunden. Kurze Zeit später öffnete sich wieder die Haustüre. Ein feister Glatzkopf schob einen Metallkoffer, eine Reisetasche und seinen mächtigen Bauch heraus. Das musste dieser Wagner sein. Das Tor der Garage neben dem Haus öffnete sich automatisch und gab den Blick auf einen fetten Mercedes frei. Der Hehler lud seinen Kram in den Kofferraum, stieg ein und startete den Wagen. Er gab Gas, fuhr mit Schwung aus der Garage und bog rasant auf die Straße, aber dann hielt er plötzlich genau auf unserer Höhe an. Die Scheibe der Beifahrertüre fuhr herunter und er fragte uns: »Was treibt ihr eigentlich hier die ganze Zeit?«

Wie auf Kommando streckten wir ihm unsere Zeichnungen entgegen und Rooney sagte unseren Spruch auf.

»Habt ihr in den Ferien nichts Besseres zu tun?«, knurrte der Hehler. Gute Frage im Grunde.

»Nö«, antwortete Rooney. »Wieso? Hätten Sie 'n Tipp?«

»Euch ist wohl nicht zu helfen«, meinte Wagner. Dann gab er Gas und brauste davon.

Wir ließen ein paar Minuten verstreichen, bevor ich Joe anrief.

»Ich bin's, Julius. Der Bursche ist weg.«

»Gut«, sagte sie nur. Ich hörte durch die Leitung, dass ihr Handy einen Piepton machte.

»Und? Weißt du schon, wie du ins Haus kommst?«

»Ich habe eben ein Klofenster geöffnet«, verriet sie mir. »Ich hoffe, der hat es nicht noch schnell geschlossen, bevor er losgefahren ist. Aber der war so in Hektik, ich glaube nicht, dass er noch alle Räume kontrolliert hat.«

»Na dann viel Glück«, sagte ich. »Was piept denn da so?«

Joe fluchte.

»Mein Akku ist gleich leer. Ziemlich dumm von mir. Ich leg auf.«

Und weg war sie.

Nun hieß es warten. Gegen drei an diesem Nachmittag hatte ich Joe noch einmal angerufen und sie gefragt, ob sie es wirklich für klug hielt, das Ganze so kurzfristig durchzuziehen. Aber sie war der Meinung gewesen, jeder Tag, den ein Zehntausend-Euro-Ring in den Händen der Russen bliebe, sei ein gefährlicher Tag zu viel. Außerdem sei das eine prima Uhrzeit, um in ein solches Haus einzusteigen. Nachts wären die Menschen von Natur aus wachsamer, fand sie, überall gäbe es Bewegungsmelder, und wenn erst mal Licht im Garten anginge, würde auch jemand Verdacht schöpfen. Und außerdem hätte ich ja schließlich darauf bestanden, bis heute Abend den Ring zurückzubekommen.

Na ja. Ich ging davon aus, dass sie wusste, was sie tat. Was mich schon an ihr beeindruckte, waren diese Ruhe und die Selbstsicherheit, mit der sie das alles plante und umsetzte. Klar, die ganze Aktion war höchst kriminell und es machte mir schon ein bisschen Bauchschmerzen. Aber ich wollte zur Hölle den Ring zurück. Und das Kribbeln von heute Morgen wurde immer stärker – dabei war ja noch nicht mal was passiert. Ich fand das Ganze unglaublich krass. Nein. Ich fand *sie* unglaublich krass.

Um unsere Tarnung aufrechtzuerhalten, mussten wir ständig weiterzeichnen. Falls Anwohner, die uns vorhin schon einmal angesprochen hatten, zufällig ein zweites Mal vorbeikämen, sollte sich auf unseren Zeichenblöcken ja schließlich was getan haben innerhalb einer knappen Stunde. Rooney gab echt sein Bestes, auch wenn man auf seinem Blatt vor lauter Fluchtpunkten und Hilfslinien eigentlich kein Haus, keinen Baum und keine Straße erkennen konnte. Ich aber war letztlich doch zu aufgeregt. Ich legte den Block aus der Hand und machte mir eine Zigarette an.

»Nicht schwächeln«, knurrte Rooney.

»Man wird doch wohl mal ’ne Pause machen dürfen«, verteidigte ich mich. »So streng kann doch diese Ferienakademie gar nicht sein.«

»Wenn’s die überhaupt gibt«, sagte Rooney.

»Ja«, lachte ich. »Und wenn nicht irgendjemand hier auf die Idee kommt, da mal anzurufen und sich sicherheitshalber nach einem Kunstkurs zu erkundigen. Dann wären wir angeschissen.«

»Ach, keine Sorge«, beruhigte er mich. »Deine Mutter haut uns wieder raus.«

Ja, wenn sie nicht gerade mit ihrem Edgar …, dachte ich und fluchte innerlich, dass ich diesen widerlichen Gedanken nicht mehr aus dem Kopf kriegte.

Ich rauchte und versuchte, nicht daran zu denken. Von Joe war weit und breit keine Spur zu sehen. Vermutlich kannte sie das Grundstück von diesem Wagner ganz gut und hatte einen anderen Weg gewählt, um in den Garten zu gelangen.

»O nein«, stieß Rooney plötzlich hervor. »O fuck!«

Wie aus dem Nichts war ein Mercedes aufgetaucht und rollte auf uns zu. Es war der Hehler. Er sah uns nur flüchtig an, bevor er in die Einfahrt zu seinem Grundstück einbog. Mit zitternden Fingern drückte ich die Wahlwiederholungstaste. Dabei flehte ich leise: »Schnell, Joe, geh dran, geh dran, verdammt!«

Wagner stieg aus seinem Wagen und ging auf das Haus zu.

»The person you have called is temporarily not available. Please call again later.«

»Scheiße«, rief ich.

»Was?«, fragte Rooney. »Geht sie nicht dran?«

Ich schüttelte hilflos den Kopf.

»Okay«, sagte Rooney entschlossen, sprang auf und lief zu dem Hehler hinüber, mit dem Zeichenblock unter dem Arm. Aus Mangel an eigenen Ideen lief ich einfach hinterher.

Als Wagner schon seinen Schlüssel ins Schlüsselloch steckte, waren wir heran und Rooney rief atemlos: »Entschuldigen Sie bitte, haben Sie 'ne Sekunde Zeit?«

»Nein«, knurrte der Hehler.

Unbeirrt sagte Rooney: »Ich wollte nur fragen, wie Ihnen die Zeichnung von Ihrem Haus gefällt.«

Mit leutseliger Miene hielt er ihm seinen Block hin. Wagner schloss die Türe auf und setzte einen Fuß hinein.

»Lasst mich in Frieden, ja? Und überhaupt – was fällt euch eigentlich ein, mein Haus abzumalen?«

»Also diese Architektur«, begann Rooney zu schwärmen, »wirklich ganz exorbitant.«

In diesem Moment erinnerte er mich fast an Justus Jonas von den *Drei Fragezeichen*. Aber der Hehler ließ sich davon nicht beeindrucken. Er wollte schon die Türe schließen, als ich plötzlich rief: »Der Motor von Ihrem Wagen läuft ja noch. Das kommt gar nicht gut. Wegen der Umwelt.«

»Verzieht euch mit eurer Kunst und eurer Umwelt«, polterte Wagner.

Ich entgegnete: »Dann mach ich ihn eben aus.«

»Wie bitte?« Der Glatzkopf wurde von einer Sekunde auf die andere puterrot.

So schnell ich konnte, spurtete ich zu dem Mercedes, riss die Fahrertüre auf und drückte auf die Hupe. Der Ton war so laut, dass ich mich selbst erschreckte. Mit erstaunlich wenigen Sätzen war der Kerl hinter mir, packte mich an der Schulter und riss mich herum.

»Verschwindet, bevor ich Hackfleisch aus euch mache!«, herrschte er mich an. Dann zog er den Zündschlüssel ab und lief ins Haus. »Runter von meinem Grundstück!«, brüllte er noch.

Dann war er drin. Wie paralysiert starrte ich auf den Hauseingang. Rooney klopfte mir auf die Schulter und meinte: »Komm, Alter, wir haben echt alles getan, was wir konnten.«

»Ja«, nickte ich. »Hoffentlich war das genug.«

Wir wechselten die Straßenseite und bezogen nochmals unseren Posten. Nur wenige Augenblicke später kam der Hehler wieder aus seinem Haus. Unter dem Arm trug er eine Aktentasche. Offenbar hatte er tatsächlich etwas vergessen, ganz wie Joe befürchtet hatte. Er quetschte sich in sein Auto, wendete und fuhr davon, nicht ohne uns noch im Vorbeirasen mit erhobenem Mittelfinger zu grüßen. Wir winkten freundlich zurück.

»Puh«, machte Rooney. »Wenn er nur so kurz im Haus war, dann hat er Joe bestimmt nicht entdeckt. Oder?«

#12 Piratin

Wagner musste wirklich in Eile gewesen sein. Der Ring lag noch genau so auf dem Wohnzimmertisch wie vorhin, als wir gegangen waren. Alles lief so perfekt, dass mir beinahe mulmig wurde. Irgendwo musste doch ein Haken an der Sache sein. Einen Moment lang betrachtete ich den Ring. Auf der Innenseite standen Initialen. C. C. Wer auch immer das sein mochte – Julius Ziebel wird jedenfalls anders abgekürzt. Was bedeutete ihm dieser Ring eigentlich? War er ein Familienerbstück? Und war Julius so ein Typ, der auf Tradition machte? Oder hatte er einfach nur tierisch Schiss vor seinem Alten, der ihm das Teil geschenkt hatte? Ich ließ den Ring in meine Hosentasche gleiten und hoffte bloß, dass er länger drinbleiben würde als beim letzten Mal. Dann drehte ich mich zu der Truhe um und hob den Deckel an. Ich bückte mich nach dem Dolch – und erstarrte. In der Haustüre drehte sich der Schlüssel. Nackte Angst befiel mich. Ich war wie versteinert. Mein erster Gedanke galt Julius. Dieses Arschloch! Warum hatte er mich nicht gewarnt? Dann fiel mir mein Handy ein. Vermutlich hatte der Akku seinen

Geist aufgegeben. In meinem Kopf jagten sich die Bilder der verschiedenen Katastrophen, die jetzt geschehen konnten. Aber mein Körper verharrte regungslos. Als hätte jemand auf Pause gedrückt. Dann hörte ich eine Stimme, die ich kannte. Rooney! Er verwickelte Wagner in ein Gespräch. Ich musste mich irgendwo verstecken. Wie in Zeitlupe legte ich den Dolch wieder aus der Hand. An der Türe hörte ich jetzt Julius sprechen, Wagner schrie plötzlich und Schritte entfernten sich. Ich löste mich aus meiner Starre, schloss den Deckel der Truhe und flitzte ins WC zurück, wo ich auf den Klodeckel sprang und mich aus dem Fenster zwängte. Dass währenddessen vor dem Haus ein lautes Hupen ertönte, verwirrte mich zwar, aber das war mir jetzt auch egal. Keine Ahnung wie, aber die beiden Jungs schienen Wagner auf irgendeine Art zu beschäftigen. Draußen kauerte ich mich unter das Fenster und lauschte. Wagner war jetzt zurück im Haus. Er polterte die Treppe hinauf und kurz darauf wieder herunter. Die Türe fiel ins Schloss, der Schlüssel drehte sich. Dann herrschte drinnen gespenstische Stille. Draußen tschilpte unbekümmert ein Vogel.

Ein dicker fetter Stein wollte mir vom Herzen fallen, aber er kam leider nicht sehr weit, denn im selben Atemzug fiel mir ein, dass ich vorhin in meiner Panik den Dolch in die Truhe zurückgelegt hatte. Aber der Dolch musste verschwinden. Denn nur so würde Wagner die Russen verdächtigen, dass sie auch den Ring gestohlen hatten.

Es gab keine andere Möglichkeit: Ich musste noch einmal hinein. Auch wenn ich tausendmal lieber sofort abgehauen oder aber von mir aus bis ans Ende aller Zeiten auf Wagners Terrasse unter dem Klofenster hocken geblieben wäre. Ich sammelte allen Mut, den ich noch hatte, und stieg wieder ein.

In Windeseile holte ich den Dolch aus der Truhe hervor. Als ich zum zweiten Mal aus dem Fenster kletterte, nahm ich ihn zwischen die Zähne. Hey, wie eine Piratenbraut, die ein feindliches Schiff entert. Na ja, irgendwie war ich das ja auch, eine Piratin nämlich. *Gottes Freund und aller Welt Feind* war das Motto der Piraten in der Ostsee gewesen, hab ich mal gelesen.

Draußen angekommen schob ich diesen beknackten Dolch ganz vorsichtig seitlich unter meinen Hosenbund und zog den Saum meines Tops darüber. Nur gut, dass ich nie diese Hüfthosen trug. So lief ich über die Terrasse und durch den Garten. Allerdings konnte ich mir nicht verkneifen, mal kurz vor dem Swimmingpool stehen zu bleiben. Das Wasser lag warm und träge vor mir. Der Geier weiß, wie viele Junkiemädchen vom Babystrich sich hier schon ein paar schäbige Euros verdient hatten. Ich räusperte mich tief, holte einen dicken Klumpen Schleim aus meinem Innersten nach ganz oben und rotzte dem Wichser in einem hohen Bogen in seinen tollen Pool. Geil.

Dann schlug ich mich in die Büsche. Ich kämpfte mich durch die Hecken zwischen den Grundstücken und erreichte schließlich die Straße. Julius und Rooney saßen immer noch auf ihren Stühlen und starrten ziemlich nervös zu Wagners Haus hinüber. Süß, es sah so aus, als würden sich die Jungs wirklich Sorgen um mich machen. Ich lief zu ihnen hin. Sie sprangen verdutzt auf, total überrascht, mich aus dieser Richtung kommen zu sehen. Julius rannte mir entgegen und drückte mich an sich. Genauso spontan, wie er mich in die Arme geschlossen hatte, so heftig schob er mich im nächsten Moment wieder von sich, als wäre es ihm peinlich.

Um einen sachlichen Ton bemüht stellte er fest: »Ich vermute, du hast Erfolg gehabt?«

Ich schüttelte den Kopf.

»Leider habe ich eine schlechte Nachricht«, eröffnete ich ihm.

Er sah mich mit offenem Mund an.

»Tja«, sagte ich. »Dein Anteil ist hin. Ich konnte nur fünftausend Euro rausschlagen und die sind an die Russen gegangen. Das restliche Geld werde ich wohl nicht kriegen, denn der Ring ist ja leider gestohlen worden.«

Sein Gesicht hellte sich auf.

»Also hast du ihn?«

»Hier.«

Ich zog den Ring aus der Hosentasche und hielt ihn ihm hin.

»Wow«, machte Julius. Fast ehrfürchtig nahm er ihn und betrachtete das Ding. Dann steckte er sich den Ring an den Ringfinger seiner linken Hand. Es sah ehrlich gesagt bescheuert aus.

Ich hielt die Hand auf. Auf seinen fragenden Blick forderte ich: »Das macht dann dreitausendachthundert Euro, bitte.«

»Ja, natürlich«, nickte Julius. »Aber ich hab das Geld jetzt nicht bei mir.«

»Dachte ich mir«, sagte ich. »Ich find's eh interessant, mal zu sehen, wie du wohnst.«

»Du willst mit zu mir kommen? Jetzt gleich?«

Er warf Rooney einen zweifelnden Blick zu, als ob der darüber bestimmen könnte, wen er zu sich nach Hause mitbringen durfte und wen nicht. Dann sah er auf die Uhr und meinte: »Na, ich muss sowieso noch mal heim, duschen und mich umziehen.«

»Du bist verabredet?«, fragte ich.

Rooney erklärte grinsend: »Der Mann hat das Date seines Lebens.«

»Ach«, sagte ich. »Dann ist mir auch klar, warum du den Ring so dringend brauchtest.«

»Das hat damit nichts zu tun«, antwortete Julius und bedachte Rooney mit einem vorwurfsvollen Blick.

Die beiden schulterten ihre Klappstühle und wir machten uns auf den Weg zur nächsten Straßenbahnstation. Unterwegs pikste mich der Dolch. Ich zog ihn hervor, worauf die Jungs erschrocken zurückzuckten.

»Du wolltest doch einen Anteil«, sagte ich zu Julius. »Wie wär's damit?«

Er wehrte ab: »Ist das auch aus den Beständen deines Hehlers? Irgendwelches Diebesgut? Ich glaube nicht, dass ich so was haben möchte.«

»Dann halt nicht.« Achselzuckend ließ ich die Waffe im nächstbesten Mülleimer verschwinden. »Ich hoffe bloß nicht, jemand findet das Teil und bringt irgendwen damit um, und meine Fingerabdrücke sind drauf.«

»Passiert dir so was öfter?«, fragte Julius kühl.

Ich blieb stehen und musterte ihn.

»Du hältst mich wohl für eine ziemlich abgebrühte Berufsverbrecherin, was?«, vermutete ich. »Aber du solltest wissen – so ein Ding wie eben gerade, das hab ich auch noch nie gebracht.«

»Ich halte dich für gar nichts«, erwiderte er. »Wir kennen uns ja eigentlich überhaupt nicht.«

»Eben«, sagte ich trotzig.

Wir gingen weiter. An der Straßenbahnhaltestelle trennte sich Rooney von uns. Er sagte noch was von einer Party, auf der er heute Abend eingeladen sei und dass man Julius dort sicher vermissen werde. Aber dafür würde Julius' Abend bestimmt viel interessanter werden. Er klopfte seinem Kumpel auf die Schulter, als müsste er ihm Mut machen. Dann nahm er seinen Klappstuhl und zog los. Wir warteten schweigend auf die Straßenbahn.

Julius wirkte ziemlich abwesend. Vermutlich dachte er an sein tolles Date heute Abend. Sicher irgend so eine Tussi aus reichem Haus, die kommende Schwiegertochter für den Matheprofessor. Vielleicht fiel ihm aber auch bloß nichts ein, was er mit mir quatschen konnte. War mir egal, ich hatte gar keinen Bedarf. Ich drehte mir eine Kippe und rauchte. Daraufhin steckte er sich auch eine an. Nach ein paar Zügen wandte er sich mir plötzlich zu und sagte: »Nur mal angenommen, also rein theoretisch – deine Mutter würde deinen Vater betrügen. Würdest du das wissen wollen? Oder wäre es dir lieber, wenn du es nicht weißt?«

Ich musste lachen, verschluckte mich am Zigarettenrauch und hustete. Als ich wieder Luft kriegte, antwortete ich: »Das war echt der beste Witz, den ich seit Langem gehört habe. Ich meine, hey: Mein Dad ist über alle Berge und meine Mum vögelt jeden armen Wichser zwischen fünfzehn und fünfzig, der sich nicht vor ihrer Bierfahne ekelt. Willst du mehr Details?«

»Danke, reicht.« Er wandte sich ab und starrte betroffen auf die Straßenbahngleise.

»Hey, ich wollte dich nicht schocken«, sagte ich versöhnlich.

Er lächelte.

»Nee, hast du nicht«, sagte er. »Es ist nur – du kannst das einfach so ausdrücken, als ob es das Selbstverständlichste von der Welt wäre. Ich stelle es mir echt ätzend vor, wenn andere erfahren, dass es bei meinen Eltern nicht mehr läuft. Das wär mir richtig peinlich.«

»Kann ich mir vorstellen«, nickte ich und ging auf Abstand zu Versöhnung. »Wenn bei reichen Leuten der Wurm drin ist, dann muss man das schön unter der Decke halten, nicht wahr? Aber wenn du eh arm bist, dann brauchst du dich für so was auch nicht mehr zu schämen.«

»Schwachsinn«, fuhr er mich an. »Ich halte nichts von diesem Reiche-Leute-Arme-Leute-Gelaber. Du bist nicht arm, du bist nur kriminell. Mensch, Lady, wir leben hier in Deutschland, hier kann jeder arbeiten gehen, wenn er wirklich will. Du suchst doch nur eine Ausrede dafür, dass du klaust.«

»Hey!«, machte ich empört. »Ich brauche keine Ausreden. Für gar nichts. Dass ich klaue, liegt nicht daran, dass ich arm bin. Ich tue es, weil es mir besser gefällt als Schule. Ich würde es auch tun, wenn ich's nicht nötig hätte. Aber den Spruch von wegen jeder kann arbeiten gehen, den kannst du dir mal schön in den Arsch schieben. Meine Mum hat 'nen Hauptschulabschluss und 'ne abgebrochene Lehre als Arzthelferin. Und 'ne minderjährige Tochter und keinen Mann. Ich sag dir, eher findet die Mutter von *Familie Flodder* 'ne Stelle als meine Mum.«

Die Straßenbahn kam und nahm Julius den Druck, antworten zu müssen. Wir stiegen ein. Während der Fahrt starrte er die meiste Zeit aus dem Fenster, zwischendurch erklärte er mir: »Wenn wir nachher bei mir zu Hause sind, sag ich einfach, dass wir uns aus der Schule kennen und dass ich dir irgendwas geben will fürs Lernen, sagen wir, ein Buch oder so.«

»Geht klar«, nickte ich.

Das Haus, in dem Julius mit seinen Eltern lebte, konnte sich sehen lassen. Jedenfalls von außen. Drinnen war es so kalt und steril, dass man auf dem Fußboden locker ohne jede Infektionsgefahr eine Operation am offenen Herzen hätte durchführen können.

Auf dem Weg zu seinem Zimmer kamen wir an einer offenen Türe vorbei. Julius steckte kurz den Kopf hinein und rief: »Hallo, Papa.«

Neugierig zwängte ich mich an ihm vorbei und sah ein Arbeitszimmer voller Bücherregale, einen überquellenden Schreibtisch und einen wuchtigen Ohrensessel, in dem ein etwa fünfzig Jahre alter Mann mit kleinem Bauch saß und in einem Buch las.

»Guten Tag, Herr Professor«, sagte ich artig.

Überrascht musterte mich Julius' Vater.

»Ähm – das ist Joe«, stellte Julius vor. »Aus meiner Schule.«

»Freut mich«, erwiderte der Professor und bemerkte mit einem Augenzwinkern: »Es kommt nicht alle Tage vor, dass mein Sohn ein Mädchen mit nach Hause bringt.«

»Ich muss ihr was geben, für die Schule«, versuchte Julius zu erklären. Die ganze Situation war ihm unangenehm. Er wollte mich aus dem Zimmer ziehen, als sich der Professor plötzlich erhob und mit stolzer Stimme feststellte: »Ich sehe, mein Sohn, du trägst den Ring.«

»Ach ja«, sagte Julius, der schon gar nicht mehr peilte, dass er sich den Ring überhaupt angesteckt hatte.

Sein Vater griff nach einem winzigen Glas, das auf dem Schreibtisch lag und das er sich jetzt ins rechte Auge klemmte. Das andere Auge kniff er zu, während er Julius' linke Hand nahm und den Ring eingehend musterte.

»Du musst ihn auch einmal unter der Linse betrachten«, schwärmte er. »Hier oben, die wunderbar geschliffene Tafel, die Sternfacette, die Rondiste – wie sich die kalte Welt der Geometrie mit dem Wunder des Lichts und der Farben verbindet ...« Für einen Moment hielt er inne, musterte erst seinen Sohn, dann mich, dann wieder Julius, bevor er fortfuhr: »Das Unterteil muss so geschliffen sein, dass das Licht weder zur Seite noch nach unten fällt, sondern exakt in zwei mal neunzig Grad wieder nach oben geworfen wird.«

Julius wollte seine Hand zurückziehen.

»Papa«, drängelte er genervt, »wir haben jetzt wirklich zu tun.«

»Sechsundfünfzig Facetten«, sagte der Professor und betrachtete noch einmal den Ring, bevor er sich auf die Unterlippe biss, als hätte er eine Entdeckung gemacht, mit der er niemals gerechnet hatte.

»Und so akkurat geschliffen«, murmelte er und schaute an uns vorbei, als gäbe es an der Wand was Unfassbares zu sehen. Julius hatte genug und zog seine Hand zurück. Daraufhin wandte sich der Professor uns wieder zu und sagte auf einmal: »Übrigens, mein Sohn. Edgar und Karin kommen nachher. Ich würde es sehr begrüßen, wenn du bei Tisch zugegen wärst. Deine Freundin ist natürlich ebenfalls willkommen.«

»Joe ist nicht meine Freundin«, korrigierte Julius eine Spur zu hastig. »Und das mit dem Essen geht leider nicht, ich bin verabredet. Um halb acht.«

Die Miene des Professors verhärtete sich von einem Moment auf den anderen.

»Wir haben Gäste«, betonte er. »Ich werde dich nicht zweimal bitten.«

Julius seufzte tief. Offenbar war angesagt, irgendwem die nette Familie vorzuspielen, und Julius war rasend begeistert. Er nahm meine Hand und zog mich mit sich aus dem Arbeitszimmer und über den Flur, bis wir endlich in seinem Zimmer standen. Breitbildfernseher, fette Stereoanlage mit Hochtönern und Subwoofer, locker zweihundert CDs, das waren die Dinge, die mir als Erstes ins Auge sprangen. Den Postern an den Wänden nach zu urteilen mochte er *Apocalyptica, The Offspring* und Liv Tyler.

Aus einem unerfindlichen Grund nahm er ein *Harry-Potter*-Buch aus dem Regal und begann darin zu blättern. Ich musterte seine CD-Sammlung. Dabei sagte ich: »Ich finde ihn eigentlich ganz nett.«

»Wen?«, fragte er. »Den Professor?«

»Ja. Ein bisschen eigenartig vielleicht, aber alle Erwachsenen sind auf ihre Art seltsam. Immerhin ist er Professor, ich denke, die sind sowieso immer etwas komisch.«

»Ganz nett«, wiederholte Julius. »Nett ist er vielleicht zu seinen geometrischen Formen, wie du eben gesehen hast. Aber ich gebe geometrisch nicht allzu viel her. Für mehr als meine Mathenote interessiert er sich nicht.«

Ich drehte mich zu ihm um und schaute ihn zum ersten Mal richtig an, so von oben bis unten, wobei ich grinsen musste. Von Geometrie hatte ich nun wirklich keine Ahnung, aber ich fand ihn ziemlich normal, weder athletisch noch irgendwie unförmig, ein stinknormaler fünfzehnjähriger Junge, den ich vielleicht sogar hätte mögen können, wenn er nicht so ein blödes Reiche-Leute-Kind gewesen wäre.

»Du bist sicher gut in der Schule, was?«, fragte ich aus Spaß. Aber das schien ihn zu beleidigen.

»Nee, eigentlich nicht«, meinte er. »Ich hab halt das Mathegen der Familie geerbt, da krieg ich 'ne Eins, auch ohne mich anzustrengen. Aber sonst sind meine Noten ziemlich bescheiden. Ich wär fast sitzen geblieben, wenn diese Eins in Mathe mich nicht rausgerissen hätte.«

Ich lachte nur. Lag ihm was daran, dass ich ihn bloß nicht für einen Streber hielt? Wieso sollte ihn das kümmern? Irgendwie fand ich ihn immerhin witzig.

Ich wandte mich wieder den CDs zu und entdeckte ein altes Teil von den *Red Hot Chili Peppers*.

»Darf ich die mal auflegen?«

Julius sah mich unschlüssig an. Aus dem Buch hatte er die Geldscheine hervorgeholt, die ich vor zwei Tagen in Rooneys Jackentasche geschleust hatte, und hielt sie mir mit einem hilflosen Blick entgegen.

»Das mit dem Abendessen«, begann er mühsam, »das hat er nicht so gemeint. Also natürlich hat er dich aus Höflichkeit eingeladen, weil man das eben so macht, aber das ist nicht so – hm. Verstehst du?«

»Klar verstehe ich«, antwortete ich. »Das verstehe ich schon, seit ich denken kann.«

#13 Schick essen

Ach, scheiße alles! Wie sie so vor mir stand, mochte ich sie. Es war kein Mitleid, wirklich nicht. Das hatte sie echt nicht nötig. Es war eher so, dass ich sie heute mindestens dreimal wirklich beleidigt hatte, wobei sie weder ausgerastet war noch irgendwie gekuscht hatte. Sie schüttelte die Dinge, die ich zu ihr sagte, einfach ab, als wären meine Worte nichts als ein paar lästige Fliegen. In ihrer Ausstrahlung war so eine Art Stolz. Ich versuchte sie mir eine Sekunde lang in anderen Klamotten und mit einer anderen Frisur vorzustellen. Nein. Das kam irgendwie von innen. Ich fand sie wirklich extrem cool, und zwar ganz anders, als ich vorher Leute cool gefunden hatte. Und warum zur Hölle interessierte es mich überhaupt, was der Professor über Joe denken mochte? Von meiner Mutter und diesem Edgar ganz zu schweigen.

Schließlich sagte ich: »Mein Anteil ist ja wohl dahin, oder?«

Sie zeigte auf das Geldbündel in meiner Hand und sagte kalt: »Nimm dir, wenn du's brauchst, von mir aus zweihundert Euro. Damit dürften wir dann wirklich quitt sein.«

»Ach so«, machte ich verlegen. Ich hatte ganz vergessen, dass ich die Scheine überhaupt noch in der Hand hatte. Beschämt legte ich das Geld aufs Bett. »Darum geht's mir nicht. Ich meine, weil ich ja jetzt keinen Anteil bekomme, kann ich dich auch nicht schick in ein Restaurant ausführen. Du erinnerst dich an unsere Abmachung? Deshalb wäre es sozusagen ein fairer Ausgleich, wenn du doch zum Essen bleibst.«

»Quatsch«, winkte sie ab. »Das war doch nur Spaß. Mir ist schon klar, dass das für dich nicht infrage kommt.«

»Wieso nicht?«, fragte ich betroffen. »Bin ich so ein Lackaffe?«

»Nee«, meinte sie. »Ich kenne Leute wie dich, die sich immer Sorgen machen, was andere von ihnen erwarten. Ich hab's da besser. Von mir erwartet echt keiner mehr was.«

Tja. Stimmte das? Klar, der Professor erwartete, dass ich gut in der Schule war. Meine Mutter erwartete, dass ich mich anständig benahm, weil jeder Blödsinn, den ich anstellte, auf sie zurückfiel, und das war nicht gut für eine Anwältin. Meine Freunde erwarteten, dass ich cool war, und Rooney erwartete, dass ich endlich Lena klarmachen würde. O Mann, ich musste sie anrufen. Aber was sollte ich ihr eigentlich sagen? Es war ja im Grunde ziemlich bescheuert von mir, mich vom Professor zu einem Abendessen zu Hause verdonnern zu lassen. Immerhin war ich fünfzehn und konnte doch wohl ausgehen, wenn ich wollte. Aber irgendwas hielt mich hier. Vielleicht war ich gewohnt zu gehorchen. Vielleicht war ich neugierig, wie Edgar und meine Mutter sich verhalten würden. Und vielleicht hatte der Gedanke an den Abend mit Lena was Schales bekommen nach unserem Abenteuer heute Nachmittag – das ganze Kribbeln, das man für so ein Date ja schließlich braucht, das gehörte seltsamerweise nicht zu Lena. Es gehörte zu Joe.

Sie sah mich an.

»Hab ich dich jetzt ins Grübeln gebracht oder was?«

Ich ging nicht darauf ein. Stattdessen fragte ich sie: »Was ist jetzt? Bleibst du? Ich würde mich freuen. Echt jetzt.«

»Okay«, nickte sie. »Aber bist du nicht verabredet?«

»Jep, deshalb muss ich jetzt mal telefonieren«, murmelte ich und verließ das Zimmer.

Lena ging nicht dran. Vermutlich war sie schon seit Stunden im Bad, um sich angemessen zu stylen. Ich schrieb ihr eine SMS. Dass ich eine dringende familiäre Verpflichtung hätte und ob wir nicht einfach in die Spätvorstellung gehen wollten.

Als ich wieder ins Zimmer zurückkam, lief *Under the Bridge* von den *Red Hot Chili Peppers*. Joe lag mit geschlossenen Augen auf meinem Bett. Ob sie kurz eingeschlafen war? Die ganze Härte und Zähigkeit, die sie ausstrahlte, war aus ihrem Gesicht gewichen, plötzlich sah sie wirklich wie ein Mädchen in meinem Alter aus. Sogar die Schlange auf ihrem Arm schien ein freundlicheres Gesicht zu machen. Aber das war natürlich Einbildung.

Eine halbe Stunde später saßen wir bei Tisch. Der Professor und meine Mutter an den Kopfenden, Joe neben mir, Karin und Edgar uns gegenüber. Es gab Pasta, Weißwein (für mich natürlich nur ein Glas) und man reichte Brot herum. Ich verfolgte jede Bewegung und jeden Blick von Edgar. Aber mir fiel nichts Verdächtiges auf. Er und meine Mutter duzten sich natürlich. Ansonsten redete man sich mit Sie und dem Vornamen an. Das galt auch für Joe, nur zu mir sagen alle Du, ich war ja das Kind. Ich schätze, meine Eltern hatten keine Sekunde lang damit gerechnet, dass Joe die Einladung wirklich annehmen würde. Aber sie überspielten es locker. Meine Mutter hatte sie als *eine* Freundin von Julius vorgestellt und tat im Übrigen so, als wäre Joe jeden Abend bei uns zum Essen. Überhaupt füllte sie die Gastgeberrolle wie immer absolut perfekt aus. Das hatte sie wirklich drauf, ganz egal, ob es sich – wie früher – um meinen Kindergeburtstag handelte oder um eine Zusammenkunft ihres überkandidelten Charity-Clubs.

Der Professor hatte vor allen Dingen die Aufgabe, sowohl von der Mathematik als auch von anderen Bereichen zu schweigen, die ihn interessierten. Gefragt waren seine Ausführungen über die immer schlechter werdenden Bedingungen des Lehr- und Forschungsbetriebs in Verbindung mit einem kleinen Lob für die Einführung von Hochschulgebühren. Dazu durfte ein bisschen auf die Regierung geschimpft werden, die ja auch endlich mal wieder die Gebühren für Rechtsanwälte hinaufsetzen müsse. Aber leidenschaftlich diskutiert wurde nie, schließlich waren in der Regel alle Anwesenden in derselben Partei oder standen dieser zumindest sehr nahe. Ich hatte mich beinahe schon entspannt und mein blödes Gefühl in Sachen Edgar ins Reich der Fantasie verbannt, als mich eine Sache stutzig machte. Dass nämlich der Professor entgegen seiner sonstigen Gewohnheiten plötzlich das Wort ergriff.

»Nun, Edgar«, begann er, »ich schätze, die Kanzlei läuft besser als je zuvor. Wäre es nicht an der Zeit, einen zusätzlichen Anwalt einzustellen?«

Edgar, ein drahtiger Endvierziger mit kurzen schwarzen Haaren und randloser Brille, tupfte sich bedächtig den Mund mit der Serviette ab, bevor er antwortete: »Sie machen sich ja kein Bild von den Lohnnebenkosten, lieber Armin. Damit es sich für uns rechnen würde, müsste dieser Anwalt das Dreifache seines Gehaltes erwirtschaften.«

Der Professor lächelte gequält. Er machte sich nicht nur ein Bild, er verdiente sogar sein Geld damit, schließlich war er Wirtschaftsmathematiker. Aber das sagte er nicht. Stattdessen setzte er nach: »Würde es sich denn nicht schon lohnen, hier und da mal ein Wochenende nicht durcharbeiten zu müssen oder öfter mal einen freien Abend zu haben?«

»Schau mal, Edgar«, sagte meine Mutter. »Armin hat Julius den Erbring seines eigenen Großvaters geschenkt.«

Edgars Blick suchte den Ring.

Der Professor fragte: »Ist es nicht furchtbar öde, so ein ganzes Wochenende über den Akten zu brüten?«

Meine Mutter nickte mir unmerklich zu, worauf ich schlaff die linke Hand hob.

»Was für ein Ring«, staunte Edgar.

»Also den ganzen Samstag und den halben Sonntag zu opfern, um Schriftsätze zu diktieren«, sinnierte der Professor. »Für mich wäre das nichts.«

»Da sind deine endlosen Zahlenkolonnen und Grafiken natürlich viel spannender«, ging meine Mutter dazwischen. Ihre Stimme war ruhig, aber kalt wie ein Eiszapfen.

»Ist das ein Brillant?«, wollte Karin von mir wissen.

Edgar versuchte den Professor zu versöhnen und sagte: »Mit Ihrer Frau wird es nie langweilig. Sie hat auch nach über zehn Jahren als selbstständige Anwältin den Humor noch nicht verloren.«

»Interessant, dass Sie meine Frau ansprechen«, erwiderte der Professor.

Meine Mutter fragte: »Joe, meine Liebe, sind Sie auch mit Ihrem Zeugnis zufrieden?«

Joe legte den Kopf zur Seite und antwortete gelassen: »Ich habe zumindest keinen Grund, unzufrieden damit zu sein.«

Wenn das alles hier peinlich enden würde – und es sah

gerade ganz danach aus –, dann lag es am allerwenigsten an ihr.

»Was ist mit Ihrer Frau?«, hakte Edgar höflich nach, als der Professor nicht weitersprach.

Der entgegnete: »Sehen Sie? Eben das möchte ich von Ihnen wissen.«

»Darf ich bitte die Teller einsammeln?« Meine Mutter hatte sich erhoben. »Der Fisch ist gleich so weit.«

»Machen Sie sich keine Sorgen«, sagte Edgar beruhigend. »Sie ist nicht überarbeitet. Sie hat eine eiserne Konstitution.«

Karin wandte sich an mich: »Hast du Pläne für den Sommer? Wirst du verreisen?«

»Ferienlager«, gab ich mechanisch zurück. Meine Augen hingen an den Lippen meines Vaters.

Der präzisierte: »Ich sorge mich nicht um die Konstitution meiner Frau.«

»Ich sehe nach dem Fisch«, verkündete meine Mutter.

»Sondern um ihre Treue«, vollendete mein Vater.

Das war der Hammer. Was war nur in den Professor gefahren? Er musste den Verstand verloren haben. Oder das Gegenteil davon, keine Ahnung. Mir jedenfalls war, als hätte plötzlich die Erde aufgehört, sich zu drehen.

Edgar lachte kraftlos, als ob er sich ernsthaft an die Möglichkeit klammerte, der Professor könnte einen Witz gemacht haben.

Meine Mutter war mitten im Raum wie angewurzelt

stehen geblieben. Die Luft schien zu knistern, wie wenn man direkt unter einer Überlandleitung steht.

»Es gibt Schwertfisch«, sagte sie vollkommen absurd. »Armin, würdest du bitte noch einen Wein öffnen?«

»Gleich, mein Schatz«, winkte mein Vater ab und sagte zu Edgar: »Es ist natürlich alles eine Frage der Definition, das weiß ich ja als Mathematiker. Ich gebe Ihnen ein Beispiel.«

Karin starrte auf das Stück Tischdecke, auf dem gerade noch ihr Teller gestanden hatte, und versteinerte.

Mein Vater holte aus: »Gegeben sei eine Menge V. V wie Verhältnis. Für alle Werte der Menge V gilt: ungleich wahr.« Er klatschte in die Hände: »Großartig, oder nicht? Auf diese Weise wird die Tatsache einfach wegdefiniert, dass Sie es seit zwei Jahren mit meiner Frau treiben.« Er fixierte Karin: »Zwei Jahre sind es doch schon, Karin, oder haben Sie vielleicht andere Informationen als ich?«

Edgars Frau rührte sich keinen Millimeter. Anscheinend war sie steif gefroren.

Mir wurde zugleich heiß und kalt. Ganz vorsichtig schielte ich zu Joe. Sie verfolgte die Show, die ihr da geboten wurde, höchst amüsiert.

Dann knallte es, dass die Wände erzitterten. Meine Mutter hatte den Stapel mit den Pastatellern einfach fallen lassen.

»Genug«, brüllte sie, dass sich ihre Stimme überschlug. Sie machte einen Schritt auf den Professor zu und schrie:

»Na und? Das ist doch ohnehin keine Ehe mehr, die wir führen. Die Situation ist gut, wie sie ist, weil alles funktioniert. Jeder hier kann sich arrangieren. Es gibt kein Problem. Nur du, du musst wieder alles kaputt machen!«

Eine Stille trat ein, die noch weniger erträglich war als alles vorher.

Mein Vater sagte leise in die Stille hinein: »Ich habe mich viel zu lange arrangiert. Ich bin nicht bereit, mich von jedem hier betrügen zu lassen. Von einer Ehefrau, die mit ihrem Kollegen fremdgeht, und …« Sein Blick wanderte zu mir. Ich erstarrte. »Und von einem Sohn, der nichts Besseres zu tun hat, als den Ring meiner Familie sofort zu verscherbeln und durch ein billiges Imitat zu ersetzen.«

»Nein!«, entfuhr es mir. Ich drehte mich zu Joe um. Sie war genauso erschrocken wie ich.

»Aber du hast ihn doch selber angesehen vorhin«, wandte ich ein, obwohl jede Diskussion hier völlig sinnlos war. »Mit den schön geschliffenen Facetten und so.«

»Genau«, nickte der Professor. »So gleichmäßig konnte man einen Diamanten noch gar nicht schleifen, als der echte Ring entstanden ist.«

In meinem Kopf herrschte Wirrwarr. Joe, die Russen, der Hehler, alles schwirrte durcheinander. Ich hatte gar nicht mitbekommen, dass Edgar und Karin sich erhoben hatten.

»Ich denke, wir gehen dann«, sagte Karin schwach.

Meine Mutter drehte sich um, mit einer Mischung aus

einem lauten Schluchzen und einem Zornesschrei, stieg die Treppe hinauf und schloss sich in ihrem Zimmer ein.

Ihre Gäste verließen uns grußlos.

Ich sah den Professor an, wollte irgendetwas sagen, aber mir fiel nicht das Geringste ein. Eigentlich wartete ich darauf, dass plötzlich alle wieder zurückkämen und mein Vater lachen und rufen würde: »Reingefallen! Na, da bist du uns aber ganz schön auf den Leim gegangen, was, mein Sohn?«

Aber es passierte nicht. Mein Vater erhob sich und verschwand ohne ein weiteres Wort im Flur. Dann hörten wir die Haustüre und kurz darauf das Starten des Wagens.

»Nicht schlecht«, sagte Joe irgendwann. »Darf man hier drin eigentlich rauchen?«

Sie holte ihren Tabak und ihre Blättchen aus der Hosentasche.

»Nein, aber wen interessiert das jetzt noch?«, meinte ich niedergeschlagen. »Kannst du mir auch eine drehen?«

Sie machte uns zwei Kippen, gab mir Feuer, zündete ihre auch an und wir rauchten schweigend. Ich schnippte die Asche in mein Weinglas und kam mir vor, als wäre die Endzeit hereingebrochen. Alle Regeln waren aufgehoben.

Schließlich meinte Joe: »Ziemlich cool hier. Ist das jeden Abend so bei euch?«

#14 Wirklichkeiten

Julius sagte nichts mehr. Er starrte vor sich hin, zog an der Kippe und unterdrückte einen Hustenanfall. Das billige Kraut, das ich mir drehte, war nichts für brave Schüler, die ab und zu mal heimlich irgendeine Lights rauchen. Ich dachte, dass er mich eigentlich packen und schütteln und anschreien müsste, was aus seinem Ring geworden sei. Aber er schien ausschließlich über das Drama nachzugrübeln, das wir gerade erlebt hatten. Ich grübelte auch, und zwar über diese Fälschung. Keine Ahnung, ob Goldschmiede auch Brillanten nachmachen können – fest stand für mich, dass das kein Zufall sein konnte. Ganz sicher kannte Wladimir über seinen Großonkel jemanden, der was davon verstand, vielleicht hing der alte Sand sogar selber mit drin. Allerdings hätte ich nie gedacht, dass das so schnell geht. Eine Fälschung herstellen, meine ich. Ich versuchte in Gedanken noch einmal meinen Plan zu rekonstruieren. Ich hatte den Dolch mitgehen lassen, damit es so aussah, als seien Wladimir und Michail bei Wagner eingestiegen. Ich wollte ihnen den Hehler auf den Hals hetzen. Aber jetzt hätten sie ihn auch ohne meine

Hilfe am Hals, weil sie ihn nämlich mit dem gefälschten Ring gelinkt hatten. Mein ursprünglicher Plan war ziemlich heikel gewesen: Wagner würde die Adresse der Russen aus mir herausquetschen und irgendwelche Schläger hinschicken und es bestand ein »Restrisiko«, wie man so schön sagt, dass die ganze Sache herauskommen würde. Wenn ich nun aber den Ring (und den Dolch!) wieder in Wagners Haus zurückbrächte, dann würde er seinen »Experten zurate ziehen«, die Fälschung entdecken, irgendwelche Schläger schicken – nur dass ich so herum aus der ganzen Sache raus wäre. Wagner würde mir höchstens krummnehmen, dass ich auf die Typen reingefallen war, und demnächst vorsichtiger sein. Was weiß ich.

Ich sah Julius von der Seite an. Mit grimmigem Blick ertränkte er seine aufgerauchte Kippe in seinem halb leeren Glas, griff zur Weinflasche und nahm einen tiefen Schluck, bevor er sie mir hinhielt.

»Auch?«

Ich nahm sie ihm aus der Hand und trank.

»Hattest du nicht ein Date?«, fragte ich ihn schließlich.

Er machte eine wegwerfende Handbewegung. Mann, der Junge tat echt so, als wäre das Ende der Welt gekommen.

»Der Ring ...«, begann ich.

Julius hob die Hand und schaute auf das Ding, als sähe er es zum ersten Mal.

»Was ist damit?«

»Ich überlege gerade, ob ich ihn zu Wagner zurückbringe. Also in sein Haus.«

»Wozu?«

Ich erzählte ihm, was mir durch den Kopf gegangen war. Julius kräuselte argwöhnisch die Stirn und meinte: »Die Wahrscheinlichkeit, dass der echte Ring wieder auftaucht, erhöht sich dadurch nicht sonderlich, oder?«

»Doch«, erwiderte ich, ohne zu überlegen. Und etwas unzusammenhängend erklärte ich ihm: »Wenn die Russen den Ring noch haben, dann ist die Wahrscheinlichkeit jedenfalls größer, dass Wagner ihn aus ihnen rausprügelt oder rausprügeln lässt, als dass ich den Ring von denen wiederbekomme. Und wenn Wagner den echten Ring erst hat, dann fällt mir vielleicht auch was ein, wie ich an ihn herankomme.«

»Falls du ihn nicht die ganze Zeit über hattest«, knurrte Julius. »Und falls die ganze Story mit Russen und Hehler und so weiter nicht ein gigantischer Fake war.«

»Blödsinn«, gab ich zurück. »Dann hätte ich dir das Teil einfach gegeben und wäre mit dem echten Ring und mit meiner Kohle schon längst über alle Berge. Wenn ich die Fälschung organisiert hätte, wozu hätte ich dann überhaupt so eine Story aufblasen müssen?«

»Was weiß ich denn, was in dir vorgeht«, winkte er ab. »Vielleicht, weil du irgendwie krank bist?«

»Krank!«, rief ich. »Krank ist die Nummer, die deine Eltern hier eben abgezogen haben. Krank ist dieses ganze Haus, in dem du lebst. Und total krank ist, dass ich

Idiotin mich dermaßen reingehängt habe, nur damit du deinen miesen, scheißkranken Ring wiederkriegst!«

Er drehte sich zu mir und sagte barsch: »Du willst doch nur deinen Arsch retten. Das hab ich schon kapiert. Wenn du den Ring zurückbringst, dann ist das alles nur noch eine Angelegenheit zwischen deinem Hehler und den Russen. Und weißt du was?«

Er streifte sich den Ring vom Finger und warf ihn mir hin, wie man einem Bettler ein Fünfzig-Cent-Sück in seinen alten McDonald's-Pappbecher wirft. »Du kannst ihn haben, mir ist das inzwischen scheißegal.«

Ich wartete, dass Julius weitersprach, aber er sagte nichts mehr. Ich erhob mich langsam, nahm den Ring und steckte ihn ein. Unschlüssig ging ich ein paar Schritte Richtung Türe, drehte mich noch mal um und sagte: »Tja, ich geh dann jetzt wohl besser.«

Ich geh dann jetzt wohl besser. Eine Stimme in meinem Kopf äffte den beknackten Satz nach, der nach einem schlechten Film klang, nach einer Szene, wo jeder weiß: Jetzt passiert erst mal zwei, drei Sekunden lang gar nichts, aber dann kommt die entscheidende Stelle. Nur, dass es zwischen Julius und mir überhaupt nichts Entscheidendes gab. Allerdings fand ich schon, dass Pickelface wenigstens irgendwas hätte sagen können, jetzt, hier an dieser Stelle. Und das tat er.

»Warte«, rief er plötzlich. Er war aufgesprungen. »Brauchst du nicht jemanden, der dir irgendwie hilft? Der Schmiere steht oder sonst was in der Art?«

Ich runzelte die Stirn. Wollte er sich jetzt auch noch über mich lustig machen?

»Doch«, sagte ich. »Aber du hast ja heute Morgen schon selber gesagt, dass ich niemanden habe, den ich fragen kann.«

»Genau.« Plötzlich lachte er. »Außer diesem einen kranken Klugscheißer aus dem kranken Haus mit den kranken Eltern.«

Ich musste auch lachen. Dabei hatte ich keinen Schimmer, wieso Julius von einer Sekunde auf die nächste so völlig anders drauf war.

»Okay, ich hol meine Jacke«, sagte er.

Er wollte an mir vorbei und in sein Zimmer gehen, aber ich hielt ihn an der Schulter fest und fragte: »Was ist mit deiner Verabredung?«

»Ich bin nicht in der Stimmung.«

»Aber mir dabei zu helfen, in Wagners Haus einzusteigen und heil wieder rauszukommen, dazu bist du in Stimmung, ja?« Ich ließ seine Schulter los und musterte ihn. »Wer hat hier eben noch mal wen als krank bezeichnet?«

»Tja«, brummte er nur, sah an sich herunter und auf den mit Soße beschmierten Scherbenhaufen aus Pastatellern zu seinen Füßen.

Ich stemmte die Hände in die Hüften und sagte: »Bist du jetzt wirklich nur so krass drauf wegen der Sache mit deinen Eltern vorhin?«

»Was verstehst du schon davon?«, gab er zurück und stapfte davon.

»Mehr, als du denkst«, rief ich hinter ihm her.

Er kam mit einer Fleecejacke zurück, die er sich über die Schultern warf, ließ seinen Blick noch einmal ungläubig durch das Esszimmer und über den verlassenen Tisch kreisen, dann gingen wir.

In der Straßenbahn zückte er sein Handy und schrieb eine SMS, vermutlich an das Mädchen, mit dem er sich hatte treffen wollen, um ihr abzusagen. Ich hätte gern gewusst, welche Entschuldigung er sich dafür ausgedacht hatte. Der Typ war mir echt ein Rätsel.

Irgendwann stupste ich ihn an, vielleicht, weil ich ihn aufmuntern wollte, vielleicht, weil mir sein dumpfes Schweigen ziemlich auf den Keks ging; jedenfalls sagte ich: »Es ist eigentlich gar nicht so schlimm, geschiedene Eltern zu haben. Ich meine: Ich lebe bei meiner Mum und hab echt alle Freiheiten, die ich brauche, und ...«

»Ja, ist ja nett«, fiel er mir ins Wort. »Und vor allem ist jemandem wie dir garantiert nichts peinlich.«

»Gott, bist du ein armer Wichser!«, entfuhr es mir. Zwei Männer, die vor uns saßen, drehten sich erschrocken um.

Ich weiß gar nicht, was mich mehr empörte. Die Beleidigung, die er mir da gerade an den Kopf geworfen hatte, oder die Tatsache, dass er sich für eine Trennung seiner Eltern schämen würde. Anscheinend war sein Problem nicht, dass sich der Papi und die Mami nicht mehr lieb hatten. Sein Problem war, dass es andere Leute mitkriegten.

»Armer Wichser, ja?« Es war mehr ein Murmeln als eine Frage.

»Ja«, sagte ich bestimmt und setzte nach: »Das gehört zum Ärmsten, was ich je gehört habe. Ich meine: Hey, wir leben im einundzwanzigsten Jahrhundert. Leute treffen sich, heiraten, kriegen Kinder, trennen sich wieder, treffen wen anders. Und von vorn. Willkommen in der Wirklichkeit, kleiner Julius.«

»Wirklichkeit ist eben differenziert«, gab er zurück. Ich hörte an dem Ton, mit dem er *differenziert* sagte, wie tief er eigentlich auf mich herabsah. »Wenn die ALDI-Kassiererin mit dem Maschinenschlosser fremdgeht, von mir aus. Aber wenn die supertolle Staranwältin mit ihrem scheiß Anwaltskollegen herumvögelt, während ihr depperter Professor von Ehemann in seiner scheiß Uni rumsitzt und gar nichts peilt, dann haben die Leute schön was zu reden. Das spricht sich so was von rum, das glaubst du gar nicht. Und dann wird das so sein, dass mich in der Schule jeder mitleidig ansieht und alle versuchen, mit mir nur noch übers Wetter zu reden, damit nicht rein zufällig das Thema auf meine Eltern kommt. Das ist total demütigend.« Er fixierte mich kurz, wie um abzuchecken, ob ich ihn für bekloppt hielt. »Glaub mir, ich hab das schon bei anderen gesehen. Es ist nur scheiße.«

Dann wandte er sich ab und starrte aus dem Fenster nach draußen, wo die Abendsonne Häuser und Straßen in ein goldenes Sommerferien-Freitagabendlicht tauchte. Auf der gegenüberliegenden Straßenseite, wo die Bahnen Richtung Innenstadt anhielten, sammelten sich die Geföhnten und Gestylten. Sie kotzten mich an. Julius kotzte mich an. Ich konnte gar nichts mehr sagen, so voller Kotze war mein Mund. Ich meine: Hey, was hatte der Idiot gegen Leute, die bei ALDI an der Kasse saßen? Oder in einer Fabrik arbeiteten. Und für wen hielt er sich selbst? Für die Königin von England vielleicht?

»Wir müssen raus«, sagte er und stand auf. Wir hatten die Station erreicht, wo wir noch vor wenigen Stunden eingestiegen waren, um zu ihm nach Hause zu fahren.

Er sprang mit einem Satz aus der Bahn. Ich folgte ihm. Auf dem Bahnsteig fummelte ich Tabak und Blättchen aus der Hosentasche und drehte mir eine.

»Na komm schon«, sagte Julius. »Gleich wird es dunkel. Du hast doch selbst gesagt, dass es im Dunkeln nicht so günstig ist wie bei Tageslicht.«

Ohne von meiner Kippe aufzusehen, antwortete ich: »Du gehst am besten einfach rüber auf die andere Straßenseite und steigst wieder in die Bahn ein.«

»Was soll das heißen?«

»Dass ich auf deine Hilfe verzichte, soll das heißen.« Ich steckte den Tabak wieder in die Hosentasche, leckte das Blättchen an und rollte es. Dann erst sah ich auf und erklärte: »Verzichten im Sinne von Scheißen, kapierst du das? Ich scheiße auf deine Hilfe. You are dismissed, Mann! Ist das differenziert genug für dich?«

Pickelface klappte den Mund auf und wieder zu.

»Was hab ich falsch gemacht?«

Er stand vor mir wie ein kleiner Junge, der an die Tafel muss, weil der Lehrer schon ahnt, dass er keine Hausaufgaben gemacht hat. Vielleicht auch wie einer, der zwar seine Hausaufgaben gemacht hat, aber trotzdem nichts weiß, weil er einfach zu blöd ist. Was weiß ich! Ich bin schließlich schon länger in keiner Schule mehr gewesen.

Julius machte keine Anstalten zu gehen. Ich zündete mir die Zigarette an.

»Was hab ich falsch gemacht?«, wiederholte er.

Ich winkte ab.

»Joe.« Er machte einen Schritt auf mich zu. »Ich wollte dich nicht beleidigen.«

»Hast du auch nicht«, log ich. »Mich kann man gar nicht beleidigen. Schon gar nicht einer wie du. Ich hab nur einfach keinen Bock mehr auf dich. Wer so eine Kacke labert, hat keine Ahnung vom Leben. Und so jemand kann ich ganz einfach nicht brauchen, wenn ich einen Job zu erledigen habe.«

Ich zog an der Zigarette und warf ihm einen bösen Blick zu.

»Ha!«, machte er. »Dann lass mich halt mal was lernen vom richtigen Leben.«

Ich lachte und es klang hoffentlich so verächtlich, wie es gemeint war.

»Du denkst dir das wohl ein bisschen wie ein Rollenspiel, hä?« Ich fasste mir theatralisch an die Stirn. »Hm, machen wir heute Abend mal was Abgefahrenes? Ach, ich kenne da diese kleine Diebin, warum steige ich nicht mal mit der zusammen in eine Villa ein? Mal was Abenteuerliches erleben. Mal ein bisschen Abwechslung vom Alltag für den braven Professorensohn. Und wenn's ins Auge geht, dann gibt's ja immer noch Superanwaltsmami, ne?«

»Ha!«, machte er wieder. »Vielleicht hab ich keine Ahnung von dir und von deinem Leben und deiner Art von Wirklichkeit. Aber genauso hast du keine Ahnung von mir. Ich sage, wir ziehen das gemeinsam durch. Du hast mich in diese Nummer hier reingezogen, als du aus Rooneys Jacke den Ring geklaut hast. Und wie wir ja gemerkt haben, habe ich den Ring noch immer nicht zurück. Also sind wir noch nicht miteinander fertig. Ist doch ganz einfach, oder?«

»Unsinn. Du hast vorhin selbst gesagt, dass dir der Ring jetzt egal ist.«

»Aber ...« Er zögerte und sah auf den Boden.

»Aber was?«, knurrte ich. Der Typ ging mir inzwischen gewaltig auf den Keks.

»Aber *du* bist mir nicht egal.«

Ich musste wieder lachen. Aber nicht mehr verächtlich. Hey, es hatte sich so angehört, als meinte er es ernst.

»Sag mal«, begann ich, »du denkst nicht zufällig, du müsstest mich irgendwie retten oder so was?«

#15 Flaschenpost

»Unsinn«, hielt sie mir entgegen. »Du hast vorhin selbst gesagt, dass dir der Ring jetzt egal ist.«

»Aber …« Im letzten Moment konnte ich meinen Mund anhalten. Aber *du* bist mir nicht egal. Dieser Satz hatte sich in meinem Kopf geformt und war einfach Richtung Ausgang geflogen. Gott sei Dank hatte ich ihn noch einfangen können.

»Aber was?«, bohrte Joe nach. Es klang genervt. Und das fand ich doof. Und diesen unbeobachteten Moment nutzte der Satz aus, um mir doch noch zu entwischen.

»Aber *du* bist mir nicht egal.«

Mir war nicht klar, ob sie mich auslachte.

»Sag mal, du denkst nicht zufällig, du müsstest mich irgendwie retten oder so was?«

»Nee«, grinste ich. »Seh ich so aus?«

»Nee«, grinste sie zurück. »Echt nicht.«

Sie gab sich einen Ruck.

»Lass uns gehen.«

Wir setzten uns in Bewegung und folgten entlang hoher Hecken der Straße, die zu dem noblen Villenviertel führte. Retten wollte ich sie ganz bestimmt nicht. Ich hatte kein Helfersyndrom oder wie man so was nennt. Mit Sicherheit nicht. Was ich stattdessen wollte, war mir selber nicht ganz klar. Seltsamerweise kam mir das, was wir vorhatten, irgendwie sinnvoll vor. Es war sinnvoller, als zum Beispiel heute Abend mit Lena im Kino zu sitzen. Es war auch sinnvoller, als mit meinen Eltern zu essen, meiner Mutter bei der Konversation zuzuhören oder meinem Vater dabei zuzusehen, wie er das Stück seines Lebens inszenierte. Ich fragte mich, was der Professor jetzt wohl machte. Vielleicht fuhr er einfach nur mit seinem Auto herum. Oder er hatte sich in seinem Büro in der Uni verkrochen und saß jetzt mutterseelenallein in der stockfinsteren Fakultät. Oder er war bei einem Freund. Falls er überhaupt Freunde hatte. Nicht mal das wusste ich über ihn. Mutterseelenallein ist ein komisches Wort. Heißt es, dass man allein ist, ohne Mutterseele? Oder ist die Mutterseele selber allein? Vielleicht ja beides.

Wir erreichten eine verloren wirkende Bank und neben ihr den öffentlichen Abfalleimer, in den Joe am Nachmittag den Dolch versenkt hatte. Sie wollte hineingreifen, hielt kurz inne und sagte: »Wenn ich von dir auch nur ein Wort höre, von wegen ob ich das öfter mache, im Mülleimer wühlen oder so – dann kriegst du das Teil zwischen die Rippen, klar?«

Hätte sie dabei nicht so breit gegrinst, ich wäre auf Abstand gegangen.

»Wenn er noch da ist«, warnte ich.

»Ist er.« Sie zog die Waffe aus dem Eimer, streifte eine gammelige Eiswaffel von der Klinge und schob sich den Dolch in den Hosenbund.

»Wie eine Piratenbraut«, witzelte ich.

Sie sah mich überrascht an.

»Kinderkacke«, knurrte sie.

»Wieso? Was hast du gegen Piraten?«

»Nichts. Aber gegen Bräute.«

Ich runzelte die Stirn und meinte: »Na, dann halt Piratin.«

»Genau.« Sie strahlte mich an. Ganz kurz nur. Aber sie strahlte. Sie hatte echt schöne Augen.

Das Haus des Hehlers warf einen langen Schatten auf den gepflegten Rasen. Ich blieb stehen.

»Was ist?«, fragte Joe.

»Na, soll ich nicht hier warten und Schmiere stehen?«

Sie ließ ihren Blick an mir hinab- und wieder heraufgleiten.

»Einfach so? Ohne Klappstuhl, Block und Zeichenstift?«

»Hast du eine bessere Idee?«

»Nee.« Sie schüttelte den Kopf. »Aber dass du hier einfach nur rumstehst, bringt auch nichts. Am besten, du kommst mit hintenrum.«

»Du bist der Boss«, brummte ich.

Wir ließen das Haus links liegen und bogen um die

nächste Straßenecke, wo ich Joe schon am Nachmittag hatte verschwinden sehen. Nach etwa zweihundert Metern erreichten wir eine Stelle, wo sich zwei Grundstücke trafen. Das eine war von einer weiß getünchten und gewollt auf Mittelmeer gemachten Mauer umgeben, das andere von einer dichten Rhododendronhecke. Beide waren so etwa zwei Meter hoch und der Platz zwischen ihnen reichte, dass wir uns seitwärts hindurchzwängen konnten.

»Nach dir«, sagte ich.

Joe sah die Straße hinab und hinauf, dann schlüpfte sie in die Gasse. Ich quetschte mich hinterdrein. Mit den Hintern gegen die Mauer gedrückt und dem Gesicht im Blätterwald schoben wir uns vorwärts, bis der Rhododendron an eine Hecke aus Bambus stieß. Joe trat hindurch und mahnte: »Pass auf, verknick möglichst nichts.«

»Ja, okay«, nickte ich nur, während es um mich herum knirschte und knackte.

Dann standen wir auf Wagners Grundstück. Sein Haus sah von hinten wesentlich luxuriöser aus als von der Straße her. Es wurde von einer Veranda dominiert, die meine Mutter höchstwahrscheinlich als extrem kitschig bezeichnen würde. Auf der Balustrade standen etliche Blumenkübel mit üppigen Gewächsen, die kaum die Fenster und Türen erkennen ließen. Dennoch sah ich, dass im Erdgeschoss alles vergittert war. Zwischen uns und der Veranda lag ein großer Swimmingpool. Das

Wasser glitzerte in der Abendsonne und ließ Figuren aus Licht auf dem Grund tanzen.

»Nett«, bemerkte ich.

»Kannst ja ein paar Runden drin drehen«, meinte Joe. Aus ihrer Stimme triefte der Sarkasmus fast direkt auf meine Schuhe. Anscheinend verachtete sie grundsätzlich Leute, die ein dermaßen fettes Haus besaßen.

»Zeig mir lieber, wie wir da reinkommen«, antwortete ich.

Ich folgte ihr zu einem Stechpalmenstrauch, der sich links neben der Veranda an die Hauswand schmiegte und ein Milchglasfenster verdeckte, das zu einem WC oder Badezimmer gehören musste. Es war verstärkt und außerdem so klein, dass man sich höchstens mit Mühe hindurchquetschen konnte. Aber es war nicht verschlossen, sondern nur angelehnt. Hier war sie offenbar vorhin eingestiegen.

»Räuberleiter?«, fragte ich.

Joe lächelte beinahe mitleidig, legte beide Hände auf das Fenstersims und zog sich hoch. Ich sah ihr staunend zu. Sie stieß sich mit den Füßen an der Wand ab und schlängelte sich durch das Fenster. Dann streckte sie den Kopf heraus und guckte spöttisch auf mich herab. »Räuberleiter?«

»Mal sehen«, brummte ich und versuchte mich ebenfalls am Fenster hochzuziehen. Meine Beine strampelten ziemlich zwecklos in der Luft herum, bis Joe meine linke Hand packte und mich ein Stückchen zog, sodass ich meinen Ellenbogen auf das Fensterbrett aufstützen und mich ganz hochziehen konnte. Ich wand mich hin und her, ein bisschen wie ein verirrter Wal, der auf einer Sandbank gestrandet war, robbte über das Sims und flutschte endlich auf der anderen Seite in ein kleines Gäste-WC. Für einen Moment glaubte ich, Joe würde mich irgendwie auffangen, und in diesem Sekundenbruchteil drehte mein wirres Hirn einen Clip, in dem wir beide zu Boden fallen, ich auf ihr landen und wir uns lachend ansehen und dann plötzlich küssen würden. Stattdessen kam ich mit den Händen auf den Fliesen auf und vollführte einen Augenblick lang fast einen Handstand, während meine Füße durchs Fenster kamen. Dann plumpste ich ziemlich unelegant auf den Rücken. Joe stand daneben und sah grinsend auf mich herab. Wie auch immer - wir waren drin.

Sie öffnete die Türe und wir schlüpften hinaus in einen großzügigen Flur.

»Da ist das Wohnzimmer, da muss der Ring hin«, erklärte sie im Flüsterton.

Sie presste sich ganz dicht an die Wand und schob sich langsam in die Richtung, wo sich der Flur mit einem bogenförmigen Durchgang zu einem großen, hellen Raum öffnete. Auf meinen fragenden Blick zeigte sie zur Decke. Ein Bewegungsmelder. Kein Problem für mich. Das kannte ich von zu Hause.

Das Wohnzimmer war übersichtlich mit weißen Sofas und Bücherregalen eingerichtet. Außerdem gab es da noch eine offenbar steinalte Truhe, die wie eine Schatzkiste aussah. Passte doch irgendwie zur Piratin, fand ich. Ich suchte die Decke nach Bewegungsmeldern ab, entdeckte aber keinen. Joe klappte die Truhe auf und ließ den Dolch darin verschwinden. Ich spähte über ihre Schulter und sah ein Sammelsurium an Diebesgut.

»Die Radios da, die sind von mir«, sagte Joe beiläufig.

»Und der Champagner?«, fragte ich und griff nach einer der Flaschen in der Truhe.

Joe knurrte: »Nicht mein Stil. Und du lässt gefälligst die Finger davon.«

Damit drehte sie sich um, nestelte den Ring aus ihrer Hosentasche und legte ihn ganz einfach mitten auf die gläserne Oberfläche des Couchtisches. Sie betrachtete ihn eine Weile, dann schob sie ihn etwas vor, etwas zur Seite, etwas zurück.

»Hm, da ungefähr hat er gelegen«, murmelte sie.

Ich weiß wirklich nicht, warum ich unbedingt diese beknackte Champagnerflasche befummeln musste, warum zur Hölle ich diese Flasche aus der Truhe holen und begutachten musste. Es war vermutlich eine Art Reflex. Ich war zu sehr darauf trainiert, dass ich bei Wein und Sekt immer sofort das Etikett beglotze und einen auf Kenner mache. Das kam manchmal richtig gut an. Bei Lena zum Beispiel. Aber wen wollte ich hier damit beeindrucken? Wagners unsichtbare Kamera vielleicht, die es hoffentlich nicht gab? Sicher nicht die Piratin.

Die war endlich mit der Position zufrieden, die der

Ring auf der gläsernen Tischplatte einnahm, und drehte sich um. Und dann ging alles sehr schnell.

»Mann, du Idiot«, rief sie. »Leg die Flasche zurück!«

Sie wollte danach greifen, ich wollte ihr ausweichen und das Ding entglitt mir. In meiner Wahrnehmung fiel die Flasche nicht zu Boden, sie sank in eiernden Umdrehungen den Fliesen entgegen, in einem Zeitlupentempo, das umso grotesker war, je langsamer mir meine Versuche vorkamen, die Flasche irgendwie aufzufangen. Gefühlte und reale Zeit holten einander in dem Augenblick wieder ein, in dem die grüne Flasche mit einem explosionsartigen Geräusch auf dem Boden zerplatzte. Der Knall war noch lauter als der, den vorhin die zerschmetternden Pastateller ausgelöst hatten. Ebenso wie die Stille, die danach eintrat.

Eingehüllt in eine Wolke von Sektgeruch und mit triefenden Hosen starrten wir einander an. Zu unseren Füßen perlte der Champagner zwischen tausend grünen Scherben.

»Fuck«, stieß ich fassungslos hervor.

Joes entgeisterter Blick wanderte an mir hinab, glitt über den Scherbenhaufen und kehrte zu mir zurück.

»Aber echt jetzt, Mann«, sagte sie tonlos.

Schließlich zückte ich mein Handy. Joe sah mich stirnrunzelnd an und ich erklärte: »Ich rufe Rooney an. Er soll irgendwo Putzzeug auftreiben und schnell herkommen.«

»Ha!«, machte Joe. »Das ist alles, was ihr könnt.«

»Was soll das denn heißen?«, gab ich zurück. »Ist das wieder eins von deinen Vorurteilen gegen Leute mit Geld?«

»Nee.« Sie grinste. »Gegen Leute mit Schwanz.«

Ich hielt inne. »Wie bitte?«

»Du hast mich schon verstanden«, brummte sie. »Das ist eine Jungsmasche. Sobald einer von euch mal in der Tinte sitzt, ruft er irgendwelche Kumpels an, und dann kommt direkt die ganze Meute von Typen und löst das Problem. Ich weiß gar nicht, was ihr eigentlich gemacht habt, als es noch keine Handys gab.«

Ich ließ das Handy sinken. Der Champagnersee am Boden hatte sich entlang der Fugen zwischen den Fliesen nach allen Seiten ausgebreitet.

»Was schlägst du stattdessen vor?«

»Was weiß ich«, stöhnte sie. Dann ging sie plötzlich auf die Truhe zu, holte noch eine Champagnerflasche heraus und schleuderte sie ansatzlos gegen die Wand. Ich schüttelte nur den Kopf. Heute konnte mich ganz einfach nichts mehr überraschen. Ich wunderte mich noch nicht mal. Joe griff mit beiden Händen wieder in die Truhe und zog noch zwei Flaschen hervor, von denen sie mir eine zuwarf. Ich fing sie auf.

»Na, komm schon«, rief sie, »keine falschen Hemmungen. Wir lassen es so aussehen, als hätte hier irgendeiner randaliert. Jugendlicher Vandalismus. Kommt doch andauernd vor.«

Die nächste Flasche ging polternd auf dem gläsernen Tisch nieder, und als beide, Flasche und Glasscheibe, standhielten, packte Joe den Flaschenhals mit beiden Händen und schlug nochmals auf den Tisch. Der Boden der Flasche zersplitterte, ihr Inhalt sprudelte schäumend heraus und ergoss sich über den Tisch, durch dessen Platte jetzt weit verzweigte Sprünge zogen. Dann ging Joe mit der abgebrochenen Flasche auf das Sofa los. Was auch immer sie antrieb – das hier war nicht nur eine Strategie, um von sich und dem Ring abzulenken. Mir war dabei nicht klar, ob es ihr irgendwie Spaß machte oder nicht. Jedenfalls strahlte sie überhaupt keine Aggressivität aus, ihr Gesicht war grimmig und sie ging mit einem großen Ernst vor.

Ich stand unschlüssig mitten im Raum und hielt immer noch die eine Champagnerflasche in der Hand. Joe ließ vom Sofa ab, nahm mir einfach die Flasche aus der Hand und warf sie mit Schwung aus der Hüfte gegen die Decke. Dann zog sie mich zu der Truhe hin.

»Auskippen«, befahl sie.

Ich gehorchte widerspruchslos. Wir packten jeweils einen Griff der schweren Kiste, hoben sie an und kippten sie zur Seite. Autoradios, Schmuck, noch mehr Flaschen mit irgendwelchen Spirituosen und anderer Krempel polterten heraus. Wir setzten die Truhe ab. Joe kickte eines der Radios mit dem Fuß quer durch den Raum, dann zog sie den Dolch aus der Hose und ließ ihn auf den Haufen fallen. Schließlich stemmte sie die Hände in die Hüften und sah sich zufrieden um.

»Sind wir dann fertig?«, fragte ich.

»Sind wir«, nickte sie.

#16 Frei

»Hat das jetzt eigentlich irgendwas gebracht?«, fragte mich Julius, als wir draußen waren.

»Mir schon«, meinte ich nur.

Wir hatten uns ohne Probleme an den wachen Augen des Bewegungsmelders vorbei wieder zum Gästeklo gearbeitet und waren aus dem Fenster geglitten, hatten uns den Weg zurück durchs Dickicht gebahnt und standen endlich wieder auf der Straße.

Ich fühlte mich echt gut. Wirklich. Ich meine: Eigentlich hatte ich nicht die geringste Ahnung, was das da gerade gewesen war. Und ob Wagner mich nicht doch irgendwie verdächtigen würde. Aber hey, es machte mir auf eine seltsame Art nichts aus. Im Gegenteil, ich fühlte mich nicht nur gut, ich fand es irre geil. Keine Ahnung, wie ich es nennen soll. Es hatte was mit Freiheit zu tun.

Julius wartete anscheinend, dass ich weitersprach. Aber ich legte bloß den Kopf in den Nacken und atmete die klare, kühler werdende Abendluft ein.

»Dieser Hehler«, setzte Julius noch mal an. »Du magst ihn nicht besonders, hm?«

»Dir entgeht aber auch nichts«, grinste ich. »Nein, ich mag ihn nicht besonders. Das gilt aber für fast alle, mit denen ich Geschäfte mache.«

»Siehe die Russen«, meinte Julius. »Sag mal, bist du auch so durstig von der ganzen Flaschen-an-die-Wand-Schmeißerei?«

»Ist das 'ne Einladung zu einer Kneipentour?«, fragte ich.

»Hast du was Besseres vor?«, fragte er zurück.

»Nee«, sagte ich. »Nichts, was ich nicht auch noch morgen oder ein anderes Mal tun könnte.«

Julius war schon eine seltsame Fritte. Verachtete er mich jetzt eigentlich oder mochte er mich? Wusste er es überhaupt selber so genau? Vielleicht einfach beides. Also zogen wir los.

Aus dem ersten Laden flogen wir raus, als wir was bestellen wollten, in den zweiten kamen wir gar nicht erst rein. Die dritte Kneipe war eine ziemlich abgefuckte Kaschemme, die mit uralten Sofas und Couchtischen eingerichtet war. Abgefuckt, aber gemütlich. Hier hatten wir Glück. Der Kellner, Typ in die Jahre gekommener Student, brummte bloß: »Ihr seid ja sechzehn, oder?« Und wir ließen uns in eine Sofaecke plumpsen.

Wir bestellten uns jeder ein Bier und Julius meinte: »In meiner Klasse gibt es höchstens zwei oder drei Mädchen, die schon Alkohol trinken. Die anderen finden es uncool.«

»Ich find's auch uncool«, erwiderte ich zu seiner Überraschung. »Ich meine: Was soll daran schon cool sein? Ich trink's halt.« Ich beugte mich zu ihm hinüber. »Und wenn ich ehrlich sein soll ...«

»Was du ja eh immer bist«, warf er ein.

»Dann finde ich so eine Sauferei, wie du und Rooney sie anscheinend öfter veranstaltet, ziemlich erbärmlich.«

»O Mann«, machte er. »Du klingst wie Lena.«

»Die Tussi, auf die du stehst?«

»Sie ist keine Tussi. Und ich steh überhaupt nicht auf sie.«

Er sah fast ein bisschen beleidigt aus.

»Zumindest nicht so richtig ernst«, setzte er noch nach.

»Ist mir doch egal.« Ich zuckte mit den Schultern. »Jedenfalls sehe ich zu Hause bei meiner Mum jeden Tag, wohin das führt, und da hab ich keinen Bock drauf, verstehst du?«

»Ja«, sagte er. »Ich meine – nein. Hm, keine Ahnung.«

Er schaute auf einen durchnässten Bierdeckel, den er zwischen seinen Fingern hin und her drehte. Dann hob er den Kopf und sagte: »Das war ziemlich scheiße, was ich vorhin gesagt habe. In der Straßenbahn. Von wegen was einem peinlich ist und so.«

»Jep«, nickte ich. »War es.«

»Zwei Bier, zum Wohle.« Der Kellner stellte zwei überschäumende Gläser vor uns auf den wackligen Tisch.

Julius prostete mir zu und sagte: »Unter schick essen gehen verstehe ich zwar was anderes, aber was soll's.«

Wir nahmen beide einen tiefen Schluck.

Ich kramte Tabak und Blättchen hervor und fragte: »Du willst doch sicher auch eine, oder?«

Julius winkte ab. »Ich zieh mir lieber ein Päckchen Lights. Du entschuldigst mich kurz?«

Er holte sein Portemonnaie aus der Jackentasche und verschwand Richtung Klo. Ich drehte mir eine Kippe, zündete sie an und lehnte mich zurück. Ja, ich fühlte mich wirklich freier. Irgendwas sagte mir, dass ich dieses Haus, das Haus von Wagner, nie wieder betreten würde. Das ergab natürlich keinen Sinn, denn Wagner war der Einzige, dem ich im Augenblick Kram verticken konnte. Es war ja auch nur ein Gefühl, wie gesagt, aber es gefiel mir.

Julius kam zurück und ließ sich wieder aufs Sofa fallen, während er die Einschweißfolie und das Silberpapier von dem Zigarettenpäckchen entfernte. Er steckte sich eine zwischen die Lippen. Ich gab ihm Feuer. Er beugte sich vor und in der Sekunde, als die Zigarette aufglühte, trafen sich unsere Blicke. Die Flamme blitzte in seinen Augen. Etwas beschäftigte ihn. Fast hätte ich ihn gefragt: *Was denkst du gerade?* Da fragte er: »Sag mal, was muss man eigentlich tun, um diesen Russen fünftausend Euro zu schulden?«

»Das interessiert dich schon die ganze Zeit, was?«

Julius nickte lächelnd. Ich seufzte.

»Das ist eine lange Geschichte.«

»Das dachte ich mir«, sagte er und lehnte sich zurück. »Ich hab Zeit.«

Es musste ewig her sein, dass ich zum letzten Mal jemandem von der ganzen Sache erzählt habe. Das heißt – eigentlich habe ich noch nie jemandem die ganze Geschichte erzählt. Aber komischerweise hatte ich jetzt Lust dazu. Ich betrachtete Julius. Vorgestern Abend war er in mein Leben hineingeraten, und wenn das hier vorbei war, würde ich ihn wahrscheinlich nie wieder sehen. Deshalb war die Situation ja im Grunde fast ein bisschen so, als würde ich meine Story anonym in irgendeinem Chat erzählen. Warum also nicht?

Ich nahm einen Schluck und begann: »Am Anfang war Neo. Ich war mit ihm zusammen. Letzten Sommer. Ich hing mit ihm rum und mit seinen Jungs. Ich schätze, das war die geilste Zeit in meinem Leben, jedenfalls damals, weil ich da noch nicht wusste, was für ein Arsch er eigentlich war.«

Ich sah Julius an. Sicher verstand er nicht ein Wort, aber er hörte einfach nur zu. Also sprach ich weiter: »Sie waren eine Gang von Crashkids. Sie haben jede Karre aufgekriegt, ohne Scheiß, wir sind mit den geilsten Schlitten durch die Stadt gefahren. Und natürlich draußen über die Autobahn.« Ich schüttelte den Kopf. »Neo meinte einmal, erst wenn er einen Z3 auf 220 hochzieht, merkt er, dass er am Leben ist. Komisch. Mir hätte damals schon was auffallen können. Oder müssen. Die Jungs sind aber nicht nur rumgefahren, sie steckten in verschiedenen Geschäften drin. Sie haben mit Teilen getickt – also mit Ecstasy und anderem Zeug. Einer von denen hat sogar seine eigene Freundin anschaffen gehen lassen.«

Julius runzelte die Stirn, sagte aber nichts.

»Na ja«, fuhr ich fort, »jedenfalls hatten Neo und die anderen den Arsch voll Kohle, aber ich wollte mein eigenes Geld verdienen und nicht eins von diesen Häschen sein, die ständig bei der Clique rumhingen und sich immer was ausgeben ließen. Also haben wir einen Deal gemacht. Ich wurde zuständig dafür, cleane Kennzeichen zu besorgen. Das heißt, ich hab von irgendwelchen Karren die Nummernschilder abgeschraubt und die haben wir an unsere Karren drangemacht. Die Bullen peilen erst Tage später, wonach sie eigentlich suchen müssen.« Ich grinste bei der Erinnerung an diese Zeit. »Dafür durfte ich dann die Radios aus den Autos verticken, die die Jungs geknackt hatten. Wir hatten durch die ganzen Jobs natürlich immer wieder Kontakte zu allen möglichen Typen und so hab ich irgendwann auch mal Wladimir und Michail kennengelernt. Und dann kam's.«

Ich trank mein Bier aus. Julius hatte den Kopf schräg gelegt und musterte mich. Ich fragte mich, ob er wohl dachte, dass ich ihm irgendwelche Märchen auftischte.

»Was kam?«, fragte er schließlich.

»Sie haben Neo gekriegt.« Ich musste lachen. »Weißt du was? Der Typ ist andauernd bekifft, besoffen und zugedröhnt durch die Stadt geheizt, in geklauten Karren, mit sechzehn Jahren, mit Tempo 80 durchs Wohngebiet. Nie ist was passiert. Und dann war da der Abend, als wir wieder mal an unserer alten Fabrik rumhingen, und eine von den Karren stand noch rum. Wir hatten Hunger und Neo wollte 'ne Pizza besorgen. Er war nüchtern, fuhr anständig wie ein Rentner und wurde von den Bullen angehalten. Weil einfach nur das Rücklicht kaputt war.«

»Scheiße«, entfuhr es Julius. »Ironie des Schicksals, sagt man da wohl.«

»Ich fand's nicht lustig«, gab ich zurück. »Jedenfalls damals nicht. Die Bullen haben es geschafft, ihm die ganzen anderen Sachen nachzuweisen. Ich glaube, mehr als fünfzig, sechzig Autos. Dafür ist er dann eingerückt. Und aus dem Knast hat er seinen Leuten aufgetragen, dass sie auf mich aufpassen sollten, bis er wieder draußen wäre.«

»Ist doch nett von ihm«, meinte Julius.

»Ja, total«, rief ich sarkastisch. »Hast du 'ne Ahnung, was das heißt? Das war der Auftrag, dass sie mich fertigmachen sollten, falls ich mit irgendwem was anfangen würde in der ganzen Zeit.«

»Oh«, sagte Julius nur.

»Genau, oh«, wiederholte ich finster. »Aber ich hatte natürlich keinen Bock, mich von diesen Typen als Neos Eigentum behandeln zu lassen, und hab mir was überlegt, wie ich aus der Nummer rauskomme.«

Julius leerte ebenfalls sein Bier und stellte fest: »Da kamen dann die Russen ins Spiel.«

Ich nickte.

»Wladimir hat mir angeboten, die Sache mit den Jungs zu klären. Für fünftausend Euro.«

»Und? Hat er das?«

»Keine Ahnung, ehrlich gesagt.« Ich zuckte mit den Achseln. »Jedenfalls hab ich seitdem nie wieder was von denen gehört. Also scheint der gute Wladimir da irgendwie Eindruck gemacht zu haben. Aber dafür ist er mir dann auf die Pelle gerückt. Der dachte wohl, dass er jetzt freie Bahn hätte bei mir. Aber ich bestimme immer noch selbst, wer mich anfasst und wer nicht. Na ja. Hat er irgendwann auch kapiert und wollte nur noch sein Geld von mir.« Ich drückte meine Kippe im Aschenbecher aus. »Die Sache ist ja seit heute endlich auch erledigt.«

Ich sah an Julius vorbei auf eine Sammlung alter Verkehrsschilder, die hinter ihm als Deko an der Wand hingen. Jep, ich war wirklich ziemlich frei seit heute. Ich hatte allen Arschgeigen in meinem Leben die Türe vor der Nase zugeschlagen. Dummerweise war jetzt nur gar niemand mehr übrig.

»Trinken wir noch was?«, fragte Julius.

Ich nickte und er machte dem Kellner ein Zeichen. Dann sagte ich zu Julius: »Krasse Story, was?«

»Allerdings«, meinte er. »Aber du bist ja insgesamt auch ziemlich krass drauf. Ich hätte nicht gedacht, dass es so was in Wirklichkeit gibt.«

»Tja«, grinste ich. »Genau wie die Szene, die wir vorhin mit deinen Eltern erlebt haben. So was kannte ich bis jetzt auch nur aus dem Fernsehen. Das war ja ganz schön ...«

»Krank, ich weiß«, vollendete Julius. »Wir sprachen

drüber. Ich wüsste trotzdem gerne, was er jetzt gerade macht.«

»Dein Vater?«

»Ja.«

»Jetzt mal ohne Scheiß«, sagte ich. »Dein Vater wusste es doch schon ziemlich lange, oder? Dass da was ist zwischen deiner Mutter und diesem Typen. Ich meine: Er hat die ganze Nummer ziemlich cool durchgezogen.«

»Ja, nur das mit dem Ring war nicht geplant.« Julius spielte wieder mit dem Bierdeckel. »Das nagt ganz schön an mir, ehrlich gesagt. Da fühlt sich der Professor die ganze Zeit von seiner Frau betrogen und jetzt denkt er, ich würde ihn auch noch verarschen.«

»Tust du doch auch«, warf ich ein. Julius machte ein fragendes Gesicht.

»Guck mal«, sagte ich, »du hast dich nicht mal getraut, ihm zu sagen, dass der Ring weg war. Du hast krampfhaft versucht, es geheim zu halten, und alles unternommen, um das Ding so schnell wie möglich wiederzukriegen, ohne dass er was merkt. Das ist doch eine Art von Verarsche.«

Der Kellner brachte das neue Bier und wir tranken.

»Kann sein«, meinte Julius dann. »Aber irgendwie tut es mir leid, dass er sich von mir – wie soll ich das nennen – sozusagen verraten fühlt.«

»Komisch«, fand ich. »Du hast bisher nicht besonders nett von deinem alten Herrn Professor geredet.«

Er machte eine hilflose Geste. »Er ist halt mein Vater, was soll ich machen?«

»Ruf ihn doch an«, schlug ich vor.

»Was?«

»Ja, ruf ihn an. Oder hat er kein Handy?«

»Doch, sicher«, sagte Julius abwehrend. »Aber ich glaub, das bring ich nicht.«

»Na siehst du.« Jetzt klang ich fast wie eine Psychotante. »Wenn du dich das nicht mal traust.«

»Ich würde echt gerne einfach ein ganz normales Verhältnis zu ihm haben«, seufzte er. »Ohne dieses ganze Professoren- und Mein-Sohn-Gelaber. Es ist andauernd wie im Rollenspiel. Wir kommen da einfach nicht raus.«

Ein Handyklingelton schnitt scharf in unser Gespräch. Julius zuckte zusammen und nestelte sein Telefon aus der Hosentasche.

»Ist es der Professor?«, witzelte ich.

Julius schüttelte den Kopf und betrachtete das Display unschlüssig.

»Diese Lena?«

Er nickte und überlegte. Das Klingeln hörte auf, fing aber gleich darauf wieder an. Diesmal drückte er den Anruf weg und schaltete das Handy aus.

»Ich hab jetzt keine Lust zu labern«, knurrte er.

»Dafür bist du aber ganz schön gesprächig«, entgegnete ich grinsend.

»Ja, seltsam«, meinte er. »Ich habe noch niemals jemandem so viel von mir gesagt. Nicht mal Rooney.«

»Hey«, rief ich, »meinst du, ich etwa?«

Statt zu antworten, machte er sich eine neue Zigarette an. Er blies den Rauch aus und sah mich an. Nach einer Weile sagte er: »Weißt du, ich schätze, das kommt daher, dass wir uns eigentlich gar nicht kennen. Da braucht man sich nicht fragen, was der andere von einem denkt.«

Ich lachte. »Genau das hab ich mir vorhin auch überlegt. Und weil wir uns vermutlich eh nicht wiedersehen.«

»Moment«, protestierte Julius. »Noch hab ich den Ring nicht zurück.«

Ich seufzte. Den Ring hatte ich schon komplett vergessen. Und mir fiel auch nicht das Geringste ein, was wir jetzt tun konnten. Ich hatte die letzten achtundvierzig Stunden mit Pläneschmieden verbracht, mein Ideenvorrat war echt aufgebraucht. Da kam mir plötzlich doch noch ein Gedanke, aber der war völlig beknackt. Andererseits waren heute eh nur beknackte Sachen passiert. Vielleicht wäre das ja genau das Richtige.

»Okay«, sagte ich. »Ein Angebot. Wir gehen morgen früh zusammen zu dem Laden, wo Wladimir wohnt, zu seinem alten Onkel Iwan Sand, und stellen ihn einfach zur Rede. Und gucken, was passiert.«

»Ist das dein Ernst? Wladimir zur Rede stellen? Den Für-fünftausend-klär-ich-die-Sache-Wladimir?«

Ich entgegnete: »Wenn es einen Ort auf dem ganzen Planeten gibt, wo ich mich vor Wladimir absolut sicher fühle, dann ist das dieser Laden. Der würde uns niemals was tun, wenn sein Onkel in der Nähe ist.« Dass ich den alten Sand im Verdacht hatte, dass er selbst in der Sache drinhing, verschwieg ich. Denn von ihm konnte ich mir noch weniger vorstellen, dass er uns etwas tun würde. Und ich wollte es hier nicht noch komplizierter machen.

Julius überlegte einen Moment, bevor er sagte: »Na gut, okay, ich bin dabei.«

Danach schwiegen wir. Irgendwann waren unsere Gläser leer und Julius legte sein Portemonnaie auf den Tisch.

»Ich bezahl dann mal«, sagte er. Es hatte denselben Klang wie *Ich geh dann jetzt wohl besser*. Was ich vorhin gesagt hatte, als wir im Wohnzimmer seiner Eltern saßen. Auch diesmal hallte es seltsam nach.

Spontan fragte ich ihn: »Was machst du mit dem restlichen Abend?«

Er zuckte mit den Schultern. »Keine Ahnung.«

»Und Lena?«

»Die ist jetzt wirklich gestorben für heute.« Er sah auf die Uhr und meinte: »Vielleicht check ich mal die Party, auf der Rooney gerade ist. Und besorge mir einen Schlafplatz für diese Nacht. Nach Hause zu gehen, da hab ich nämlich keine Lust drauf. Ich glaube, für heute hab ich genug von diesem – wie sagtest du so schön? – kranken Haus.« Er lachte. »Da penn ich lieber im kranken Haus von Rooneys kranken Eltern.«

»Wenn du Lust hast, mal ein ganz anderes krankes Haus kennenzulernen«, begann ich, bevor ich noch recht wusste, was ich da sagte, »dann kannst du auch bei mir schlafen.«

#17 Nichts dabei

Sie hielt inne. Eine Pause entstand, in der mir tausend Gedanken durch den Kopf jagten.

»Ist ja nichts dabei«, schob sie nach.

»Denk bloß nicht, ich hätte noch nie bei einem Mädchen übernachtet«, gab ich zurück.

»Denk ich überhaupt nicht«, erwiderte sie kühl.

»Ja«, sagte ich schließlich. »Würde ich gerne.«

Ist ja nichts dabei. Da war ich mir nicht so sicher. Natürlich hatte ich schon bei Mädchen übernachtet. Aber noch bei keinem, zu dem ich mich hingezogen fühlte. Hingezogen? Das war ein gutes Wort. Es klang komisch erwachsen, aber es traf. Ich kann nicht sagen, dass ich auf sie *stand*, so wie auf Lena, die ich nett fand und sexy und die bestimmt gut zu mir passte, aber zu der es mich eben nicht *hinzog.* Es zog mich zu ihr, zu Joe. Je länger wir schwiegen, desto bedeutungsvoller hing mein letzter Satz in der Luft. Bis ich schließlich fragte: »Wollen wir noch irgendwo hingehen?«

»Was, wo wir um die Zeit noch reinkommen?«, fragte sie zurück. »Es gibt in der Südstadt einen Club, wo ich einen Türsteher kenne. Vielleicht haben wir Glück und der lässt uns rein.«

Ich zahlte und wir verließen die Kneipe. Draußen war es inzwischen richtig dunkel geworden. Wir nahmen wieder die Straßenbahn. Und hatten tatsächlich Glück, denn der Typ, den Joe kannte, war da und winkte uns einfach durch. Krachender Metal schlug uns schon am Eingang entgegen, und das freute mich, denn ich hatte mit Club eher Techno assoziiert, worauf ich überhaupt nicht stand. Der Laden hatte was von einer alten Produktionshalle oder so, vermutlich war das Gebäude früher auch so genutzt worden. Der schmale Eingangsbereich weitete sich zu einer breiten Empore, von der eine stählerne Treppe in den einige Meter tiefer gelegenen Innenraum hinabführte. Dort tobten die Leute auf der Tanzfläche. An der Stirnseite zog sich eine breite Theke entlang. Das hier war, von einigen beknackten Events in irgendwelchen Jugendheimen abgesehen, die erste richtige Disco, die ich betrat. Ich folgte Joe die Stufen hinab und wir drängten uns durch die Menge. Ich dachte die ganze Zeit, die Leute müssten sich alle nach uns umdrehen und sich fragen, was denn diese beiden Kinder hier trieben. Aber natürlich achtete niemand auf uns. Es lief was von *Manowar* und ich merkte, wie die Riffs mich auf die Tanzfläche trugen und ich von ganz allein zu bangen anfing. Ich warf den Kopf hin und her und schüttelte dabei alles ab. Die bescheuerte Angst vor dem Professor, die tausend Gedanken an meine Mutter und Edgar, die Vorstellung davon, was die Leute sagen würden, wenn meine Eltern sich trennten, die beknackte Idee, ich müsste unbedingt was mit Lena anfangen. Ich sah Joe, wie sie sich mit halb geschlossenen Augen im Rhythmus bewegte, ganz und gar bei sich, während ihre Arme um ihren Kopf und ihren Oberkörper herumwehten, so als fiele sie von einem unendlich hohen Gebäude herab, als würde sie fallen, ohne jemals unten anzukommen, als trüge sie der Wind.

Irgendwann konnten wir einfach nicht mehr. Wir hockten uns oben auf der Empore an einen der kleinen Bistrotische am Geländer und sahen auf die wogende Menge unter uns hinab. Ich war müde, verschwitzt und glücklich. Seltsam.

Wir sprachen die ganze Zeit fast überhaupt nicht. Wir warfen uns bloß immer wieder Blicke zu, die ziemlich klar sagten, dass *irgendetwas* – keine Ahnung, was konkret, aber auf jeden Fall mehr als *nichts* – eben doch *dabei war*. Fand ich jedenfalls.

So unerwartet, dass es mich selbst überraschte, beugte ich mich vor und küsste sie auf den Mund. Sie sah mich an. Ohne eine Spur von Verwunderung im Blick. Dann stand sie auf, kam um den kleinen Tisch herum zu mir, setzte sich auf meinen Schoß und wir umschlangen und knutschten uns. Um uns herum kochte die Hölle aus Schwermetall, aber in meinem Kopf war es still, ich spürte nichts außer Joes Lippen, ihrer Zunge, ihren Händen, die meinen Rücken entlangfuhren.

Irgendwann gingen wir noch mal tanzen, dann tranken wir noch was und machten uns schließlich auf den Weg.

Straßenbahn, zweimal umsteigen, dann ein Bus bis zur Endhaltestelle. Es war schon weit nach ein Uhr, als wir in einem ziemlich weit draußen liegenden Stadtviertel ausstiegen, in dem ich noch nie zuvor gewesen war. Ich hatte ehrlich gesagt ein Hochhausgetto oder so was in der Art erwartet. Aber hier gab es Reihenhäuser, ein paar Mietshäuser dazwischen, einen Kiosk, eine Dönerbude, ein paar ehemalige Geschäfte mit Zu-vermieten-Schildern im Fenster und Brachflächen.

Es kam vor, dass ich Leute besuchte, aus meiner Klasse zum Beispiel, die mir schon vorher sagten: »Es ist bei uns natürlich nicht so groß und toll wie bei euch.« Als ob alle außer uns in Wellblechhütten lebten.

Joe sagte einfach gar nichts dazu. Sie nahm meine Hand und ich folgte ihr durch die schlafenden Straßen zu einem Haus, das sich neben einer der vielen Freiflächen scharf vom Nachthimmel abhob. Sie kramte nach ihrem Hausschlüssel, während mein Blick über die Brache schweifte, wo der Mond lange Halme von Wildgras beschien. Im Hausflur roch es muffig nach einer Mischung aus angebranntem Essen und irgendwas anderem. Joe und ihre Mutter wohnten im zweiten Stock. Die Türe knarrte, als sie sie vorsichtig öffnete. Wir schlüpften hinein.

In der Küche brannte ein schwaches Licht. Dort saß, über eine Zeitung gebeugt, eine Frau mit langen, etwas fettigen Haaren. Sie sah verwirrt auf.

»Mum, das ist Julius«, stellte Joe mich vor. Und zu mir: »Das ist meine Mum.«

Ich machte einen Schritt auf sie zu, wollte ihr, wie ich das nun mal gewohnt war, die Hand geben und begann souverän: »Guten Abend, Frau – äh.« O Mann, ich kannte nicht mal Joes Nachnamen. Mitten im Raum blieb ich stehen. »Guten Abend«, wiederholte ich einfach und räusperte mich.

Die Frau sagte: »Mensch, Joe, warum hast du mir nicht gesagt, dass du Besuch mitbringst?«

Sie strich sich eine Strähne aus der Stirn und erhob sich unsicher.

»Wollt ihr vielleicht 'n Kaffee?«

»Mum, es ist halb zwei morgens«, antwortete Joe ein bisschen streng. »Keine gute Zeit für Kaffee, finde ich.«

»Nee«, bestätigte ihre Mutter. »Dann lass ich euch mal lieber allein.« Sie stützte sich am Küchentisch ab und wankte an mir vorbei, blieb aber plötzlich stehen und schüttelte mir unvermittelt die Hand.

»Freut mich, Julius«, sagte sie und ihre Stimme klang herzlich. Sie hatte dieselben Augen wie Joe, nur das Gesicht drum herum sah ein bisschen wie eine Orange aus. »Nett, Sie kennenzulernen.«

Joe hielt ihre Mutter am Arm fest und sagte: »Bleib ruhig hier, wir gehen eh direkt zu mir.«

Damit zog sie mich aus der Küche und durch den kleinen Flur zu einer Türe, durch die wir ihr Zimmer betraten.

Die Deckenlampe war mit einem bunten Tuch verhängt und verströmte ein gedämpftes warmes Licht. Das Licht fiel auf einen Schrank, Bücherregale, einen Fernseher, über dem eine Postkarte hing. Ich weiß nicht, ob ich in diesem Zimmer etwas erwartet hatte, was Joes eher ungewöhnlichen Lebensstil widerspiegelte – jedenfalls war nichts da, es war ein ganz normales Zimmer. Ich trat unwillkürlich an den Fernseher heran und betrachtete die Postkarte. Sie zeigte eine blaue Bucht, einen Sandstrand und eine Uferpromenade. *São Martinho do Porto*, lautete der etwas verblichene Schriftzug.

»Von meinem Dad«, sagte Joe.

»Aus dem Urlaub?«, fragte ich, während ich das Motiv musterte.

»Nein«, antwortete Joe. »Er lebt dort. Jedenfalls hat er das getan, als er mir geschrieben hat. Keine Ahnung, was er heute treibt. Wir haben keinen Kontakt.«

»Hast du nie daran gedacht, einfach hier abzuhauen und bei ihm zu leben?«

»Doch. Jeden Morgen, wenn ich aufstehe, und jeden Abend, wenn ich ins Bett gehe.«

Ich wandte mich um. Joe trug nur noch ihren Slip und ein T-Shirt. Sie knipste eine Lampe an ihrem Bett an und machte das Deckenlicht aus. Dann ließ sie sich aufs Bett fallen und legte sich ganz an die Wand, sodass mehr als genug Platz für mich blieb.

Von einer Sekunde auf die andere schoss mein Puls los. Aus Kinderbüchern kannte ich die Formulierung, dass einem das Herz bis zum Hals schlägt. Da war was dran.

Um überhaupt irgendwas zu sagen, meinte ich: »Ich hab gar keine Zahnbürste mit.«

Joe lachte. Ich lachte auch und zog mich aus bis auf meine Shorts und mein T-Shirt. Und kletterte zu ihr unter die Bettdecke. Joe langte über mich hinweg zu dem kleinen Radio, das auf einem Holzwürfel neben dem Bett stand, und machte Musik an. Dann stützte sie den Kopf auf eine Hand und sah mich an. Mit der anderen griff sie nach meiner Hand. Dann küssten wir uns wieder. Im Radio lief *Gone with the sin* von *HIM*. Unsere Hände spielten eine Weile miteinander herum, dann lösten sie sich voneinander und wanderten über den anderen Körper. Erst über den T-Shirts, dann darunter. Ich zeichnete mit dem Zeigefinger die gewundene Gestalt der Schlange nach, die auf ihren Oberarm tätowiert war. Joes Hand fuhr über meinen Bauch, über meine Brust, meinen Hals, mein Gesicht und wieder zurück. Durch meinen Körper strömten mindestens eine Million Volt. Ich spürte ihre Brüste unter meiner Handfläche und Joe flüsterte: »Du zitterst ja.«

»Gar nicht«, protestierte ich leise und merkte, dass sogar meine Stimme vibrierte, so sehr zitterte ich.

Sie schob ihr Knie auf meines. Als ihr Oberschenkel gegen meinen Schwanz stieß, merkte ich, dass er steif war.

»Du«, flüsterte ich, »ich hab es noch nie getan.«

»Ist doch auch kackegal, oder?«, flüsterte sie zurück.

»Stimmt.«

Fast gleichzeitig zogen wir unsere T-Shirts aus und drückten uns aneinander. Eine ganze Zeit lang hielten wir uns einfach nur gegenseitig fest, weil es ein so neues, tolles Gefühl war, sich gegenseitig Haut an Haut zu spüren. Dann fingen wir wieder zu küssen an und unsere Hände nahmen ihre Wanderungen wieder auf. Mit unseren Fingern und unseren Lippen tasteten wir uns Zentimeter für Zentimeter vorwärts auf dem fremdem Körper. Dann geschah es. Vermutlich in dem Moment, in dem ich ihre Finger in meiner Shorts und an meinen Hoden spürte. Dieses plötzliche Gefühl, als würde ich einfach mal eben in einer Millionstelsekunde auf die Größe eines Atoms verdichtet und im selben Moment auseinanderbersten. Mit einem unterdrückten Stöhnen krümmte ich mich zusammen.

Seit ich zwölf oder dreizehn war und wir uns nachts in der Jugendherberge mal heimlich aus der *BRAVO* vorgelesen hatten, hatte ich immer Angst davor gehabt. Denn ich hielt es für das Schlimmste, was einem überhaupt beim Sex - wenn nicht im Leben - passieren könnte. Meine Hose war völlig durchnässt von meinem Samen und Joe hatte auch etwas abbekommen, denn sie streifte ihre Hand an der Bettdecke ab und griff über mich zu ihrem Nachttisch nach einem Taschentuch, das sie mir gab. Unbeholfen fummelte ich in meiner Shorts herum, um das Zeug wegzuwischen. Dabei vermied ich es, sie anzusehen. Joe gab mir einen langen Kuss und flüsterte: »Das muss dir nicht peinlich sein.«

Ich zerknüllte das Taschentuch, warf es einfach weg und sagte: »Es ist mir nicht peinlich.«

»Ehrlich?«, fragte sie.

»Ehrlich.«

Dazu hob ich eine Hand, Zeige- und Mittelfinger gekreuzt.

Joe lachte prustend, bevor sie sich bremsen und leise sagen konnte: »Du bist wirklich witzig.«

Und wir knutschten weiter, als wäre nichts gewesen. Ich hatte inzwischen jeden Sinn für Zeit verloren. Konnte sein, dass wir erst seit zehn Minuten in ihrem Bett lagen, vielleicht würde aber auch gleich schon die Sonne aufgehen.

Irgendwann klammerte Joe sich an mich. Ihre Bewegungen hatten etwas Rhythmisches, fast als würde sie ihren Unterleib gegen mich reiben, und ich ließ mich ganz einfach in diesen Takt hineinziehen. Ihre Hände fassten mich immer fester, sie biss mich beinahe richtig in den Hals und ihr Atem wurde immer schneller und heftiger, bis sie plötzlich wie in einem Krampf erstarrte, ihre Fingernägel sich in meinen Rücken gruben und ein Beben durch ihren ganzen Körper lief. Dann entspannte sie sich, ihre Umklammerung ließ nach und sie fuhr mir mit den Händen durchs Haar, während ihre Augen geschlossen blieben.

Ich hätte alles dafür gegeben, zu wissen, ob das jetzt

ein Orgasmus gewesen war. Aber ich wusste nicht, ob ich sie das fragen konnte. Ehrlich gesagt fiel mir überhaupt nichts Uncooleres ein, was ich in diesem Moment hätte sagen können, aber die Frage kreiste in meinem Kopf wie eine wild gewordene Hornisse. Wir küssten und streichelten uns noch eine Weile, bis ich irgendwann ansetzte: »Hey, Joe. Kann ich dich was fragen?«

»Alles«, sagte sie. »Ich kann mir ja dann überlegen, ob ich antworten will.«

»Du«, begann ich noch mal und ließ von dieser Frage ab. »Was ich wirklich gerne wissen würde: Wie ist eigentlich dein richtiger Name?«

Joe grinste.

»Josefine«, flüsterte sie. »Josefine Bauer. Also lass uns lieber bei Joe bleiben.«

»Stimmt«, sagte ich und schmiegte mich an sie. Sie legte ihren Kopf an meine Schulter und ich spürte ihren Atem an meinem Hals. Mein Kopf war wie eine Schneekugel, die jemand kräftig geschüttelt hat. Das Schneegestöber lichtete sich und die Flocken schwebten ganz langsam zu Boden und setzten sich.

Irgendwann wachte ich auf. Vielleicht, weil mein Arm eingeschlafen war, vielleicht, weil ich dringend aufs Klo musste. Das Licht brannte noch und das Radio lief. Joe lag so, wie wir eingeschlafen waren, mit ihrem Kopf an meiner Schulter. Ich hatte keine Ahnung, wie spät es sein mochte. Ganz sachte zog ich meinen Arm unter ihrem

Kopf weg. Ohne aufzuwachen, machte sie einen Seufzer und drehte sich dann zur Seite. Ich stellte das Radio ab, stand vorsichtig auf und sah an mir herunter. Auf meiner Shorts klebte ein runder, eingetrockneter Fleck. Etwas verschämt zog ich meine Jeans über und tastete mich durch die dunkle Wohnung. Alles war finster, aber hinter einer Türe hörte ich gedämpft Geräusche aus dem Fernseher. Die Türe gegenüber war die Küche, also musste die letzte verbleibende Türe wohl zum Badezimmer gehören. Ich ging rein und nestelte mein Handy aus der Hosentasche, bevor ich mich aufs Klo setzte. Gedankenverloren schaltete ich es ein. Noch immer war ich vollkommen eingehüllt von dem wohligen Gefühl von Nähe, von Intimität, von Sex. Wow, ich hatte wirklich Sex gehabt! Am liebsten hätte ich sofort Rooney eine SMS geschrieben, aber das wäre ja wirklich bescheuert gewesen. Die Nacht gehörte Joe und mir und keinem sonst.

Mein Handy meldete sich mit einem leisen Piepen zum Dienst. Die Uhr im Display zeigte Viertel nach vier. Jemand hatte angerufen. Ich hörte die Mailbox ab. Vier neue Nachrichten. Drei waren von Lena. Was denn los sei, wo ich denn steckte. Dass ich es vergessen könne, wenn ich mich nicht in den nächsten zehn Minuten meldete. Dass ich erst gar nicht mehr anrufen bräuchte, die Sache sei erledigt. Der vierte Anrufer war der Professor.

»Hallo, Julius, ich bin's. Ich weiß nicht, was du gerade machst, aber ich finde, wir müssen uns endlich mal unterhalten. Ruf mich an, wann du willst.«

Ungläubig mit dem Kopf schüttelnd beendete ich die Verbindung zur Mailbox, zog die Hose hoch und steckte das Handy ein.

Als ich zurück ins Zimmer kam, lag Joe immer noch mit dem Rücken zu mir an der Wand, die Bettdecke zurückgeschlagen. Ihr Körper hob und senkte sich unmerklich mit ihren Atemzügen. Ich betrachtete eine Weile ihren Rücken, ihre Taille, ihre Arme und das Tattoo. Wie sie so dalag, schien sie mir unglaublich vertraut und zugleich fast noch ein bisschen fremder als bei unserer ersten Begegnung. Ich streifte die Jeans ab, krabbelte ins Bett, knipste das Licht aus und drückte mich an ihren Rücken, wobei ich einen Arm um sie legte und mit der Hand ihren warmen Bauch fühlte. An der Schwelle zum Schlaf dachte ich, dass das hier vermutlich der allerverrückteste Tag in meinem Leben gewesen war. Auf jeden Fall war er der beste. Und was mir zum Schluss noch durch den Kopf ging: Unglaublich! Er hatte Julius zu mir gesagt.

#18 Wohin

Von einem Moment auf den anderen war ich hellwach. Nicht zu fassen! Ich hatte es mit Julius getan!

Ich meine: Wir hatten nicht miteinander geschlafen, also nicht so richtig wirklich, aber eigentlich war es genauso, als hätten wir doch. Ich drehte mich um und fasste ins Leere. Wo war er? Mit einem Satz sprang ich aus dem Bett. Die Morgensonne schien so grell ins Zimmer, dass ich für einen Moment Zweifel hatte, ob das alles wirklich passiert war. Dann fiel mein Blick auf Turnschuhe und eine Fleecejacke. Okay. Es war passiert. Und Julius war noch da. Ich streifte mein T-Shirt über und wankte in die Küche. Dort saß er. Und nicht allein. Er saß da, ins Gespräch mit meiner Mum vertieft, als wäre es das Selbstverständlichste von der Welt.

»Morgen«, sagte ich knapp. Es gab Kaffee und frische Brötchen. Brötchen?

»Julius?«, fragte ich. Aber der deutete auf meine Mutter.

»Mum«, entfuhr es mir. »Wann hast du das letzte Mal Brötchen zum Frühstück gekauft?«

»Na, siehst du doch, vor einer halben Stunde«, antwortete sie gut gelaunt.

Ich holte mir eine Coke aus dem Kühlschrank und ließ mich auf einen Stuhl fallen. Julius sah mich an. Ein bisschen scheu, fand ich. Wahrscheinlich guckte ich genauso scheu zurück. Nichts war klar zwischen uns. Aber wir konnten nicht reden. Sondern saßen hier mit meiner Mum. Bei Kaffee und Brötchen. Hey, waren wir plötzlich in einer Soap gelandet?

Meine Mum reichte mir den Brotkorb, aber ich winkte ab.

»Danke, hab noch keinen Hunger.«

Mann, Frühstück, bizarr. Als ich das letzte Mal morgens zu Hause was gegessen hatte, war ich noch in der Grundschule gewesen. Ich trank ein paar Schlucke, dann stand ich einfach auf und ging zurück in mein Zimmer. Julius folgte mir und machte die Türe zu. Unschlüssig sah er mich an. Dann sagte er: »Ich kenn das nur aus dem Fernsehen. Der Morgen danach und so. Aber was man im wirklichen Leben an der Stelle sagt, weiß ich echt nicht.«

Damit ließ er sich aufs Bett plumpsen. Jep, er war wirklich witzig. Er konnte jede beknackte Situation mit ein bisschen Ironie auflösen. Na ja, sagen wir: fast jede. Ich hatte Lust, mich neben ihn zu setzen, in seinem Haar herumzuwühlen, seinen Hals zu küssen und ihm nette Sachen ins Ohr zu flüstern. Ich blieb stehen. Tausend Sätze schwirrten durch meinen Kopf. *Ich fand's schön, diese*

Nacht. Oder: *Das war ein Ausrutscher.* Oder: *Was heißt das jetzt für uns?* Julius hatte recht. Wir kannten aus dem Fernsehen genug Sätze für diese Situation, aber keiner passte hier. Ich verschränkte die Arme vor der Brust.

»Geht mir genauso«, gab ich schließlich zu.

Julius sagte: »Ich hab eben mit meinem Vater telefoniert. Er will mich zum Frühstück treffen.«

»Ach.« Ich wunderte mich, dass das Thema *Wir* so schnell weg war, und entspannte mich von einer Sekunde auf die nächste. »Hast du ihn angerufen oder er dich?«

»Ich hab zurückgerufen«, betonte Julius. »Der Professor war auf meiner Mailbox, hatte irgendwann gestern Abend spät noch angerufen. Von wegen wir müssten endlich mal reden und so.«

»Ist doch super«, meinte ich. »Dem scheint ja ganz schön was durch den Kopf gegangen zu sein nach der Show gestern. Und jetzt? Triffst du dich mit ihm?«

»Na ja.« Julius trommelte nervös mit den Fingern auf seinem Knie herum. »Wir wollten doch heute Morgen zu diesem Goldschmied gehen.«

»Das tun wir auch«, sagte ich und fand die Situation plötzlich ideal. Dieser Sinneswandel des Professors hatte mich auf eine Idee gebracht. Ich verstand die Idee selbst noch nicht ganz, aber es passte erst mal. Ich sagte: »Ich muss eh vorher noch was erledigen. Sagen wir einfach, wir treffen uns in zwei Stunden vor dem Laden. Was meinst du?«

»Okay«, nickte Julius. Er angelte sich seine Schuhe

und zog sie an, während ich ihm den Weg zu Iwan Sands Laden beschrieb.

Dann stand er auf, nahm seine Jacke und machte einen Schritt Richtung Tür. Dabei hielt er inne, fasste meine Hand und gab mir einen langen Kuss. Er schmeckte nach Bier und Zigaretten. Ich strich ihm flüchtig über die Wange und sagte: »Bis gleich.«

Julius öffnete die Türe, ging durch die Diele, rief meiner Mum was zu und verschwand. Ich stand noch immer mitten in meinem Zimmer und sah quer durch den Flur auf die Wohnungstüre, die ins Schloss gefallen war.

Das hier war nicht meine Wohnung. Schon lange nicht mehr. Aber jetzt fiel es mir auf. Unter meinem Bett zog ich einen uralten, großen Rucksack hervor. Das Teil hatte meinem Dad gehört. Er war aus Segeltuch oder so und hüllte mich in eine Staubwolke, als ich draufklopfte. Ich öffnete meinen Schrank und holte ein paar Klamotten raus. Zwei Slips, zwei T-Shirts, einen Pullover und eine Jeans. Die verstaute ich in dem Rucksack.

Danach ging ich duschen. Ziemlich lange stand ich einfach nur so da und ließ das heiße Wasser über mich laufen. Pickelface. Julius. Noch immer konnte ich seine Berührungen überall auf mir spüren. Er konnte mich gut anfassen. Ich weiß selber, dass das bescheuert klingt. Neos Berührungen waren fordernd gewesen. So als hätte er ein Recht darauf gehabt. Ich musste an Julius' Bier- und Kippenfahne denken. Gestern Nacht hatte er schon genauso geschmeckt wie heute Morgen und es hatte mich nicht gestört, im Gegenteil. Aber gestern Nacht war eben Nacht gewesen und jetzt war Tag und das Licht war überall.

Ich trocknete mich ab und suchte ein paar Sachen zusammen. Zahnbürste, Handtuch und so. Zurück in meinem Zimmer stopfte ich dieses Zeug auch in den Rucksack. Zum Schluss faltete ich die Geldscheine zusammen, die Julius für mich *aufbewahrt* hatte, und steckte sie in meinen Schuh. Bis gestern Abend, so ziemlich genau bis zu dem Moment, in dem die erste Champagnerflasche auf dem Fliesenboden zerbrach, hatte ich immer gedacht: Das Beste ist ein guter Plan. Ab jetzt denke ich lieber: Das Beste ist, gut vorbereitet zu sein. Auf alles. Ich hatte keine Ahnung, was dieser Tag bringen sollte. Aber irgend so ein komisches Gefühl sagte mir, ich sollte lieber vorbereitet sein. Ich zog mich an, nahm die Postkarte von der Wand, schulterte den Rucksack und wollte gehen.

Dann aber ließ ich das Teil im Flur fallen und ging noch mal in die Küche. Da saß meine Mum, als hätten wir vorhin die Stopptaste gedrückt. Sie hockte vor ihrem Kaffee und auf dem Tisch stand der Korb mit den frischen Brötchen, von denen nur Julius ein halbes gegessen hatte. Ich setzte mich und trank an meiner angefangenen Coke.

»Ich finde ihn nett«, sagte sie. »Bringst du ihn noch mal mit?«

»Möglich«, meinte ich.

»Er kommt aus einem guten Elternhaus, oder?«

Ich lachte hohl.

»Ich meine«, fuhr meine Mum fort, »er hat ja so gute Manieren.«

»Damit eins klar ist«, begann ich. »Ich bin überhaupt nicht drauf aus, mir irgendeinen Typen zu angeln, dessen Eltern Kohle haben.«

Meine Mutter zuckte mit den Achseln.

Entschlossen setzte ich noch hinzu: »Das ist nicht mein Weg, aus dieser Scheiße rauszukommen.«

Beim Wort *Scheiße* war sie zusammengezuckt. Aber sie schwieg weiter.

Ich begann mir eine Zigarette zu drehen. Wie beiläufig fragte ich dann: »Mum, was würdest du eigentlich machen, wenn ich irgendwann einfach nicht mehr wiederkommen würde?«

Sie runzelte ihre Stirn und erwiderte: »Ich würde die Bullen und Gott und alle Welt in Bewegung setzen, bis ich dich wiederhabe. Doofe Frage.«

»Nein.« Ich schüttelte den Kopf. »Ich meine nicht spurlos, sondern so, dass du vielleicht wüsstest, es geht mir gut, nur dass ich halt weg wäre.«

Meine Mum maß mich intensiv mit den Augen. Ihr Blick war seltsam klar.

»Als ich so alt war wie du, hab ich von nichts anderem geträumt. Aber wo soll man schon hin? Ohne Lehre. Ohne Geld.«

»Jep«, nickte ich. »Das ist es.«

Bliebe eben doch nur, einen reichen Typen zu heiraten. Hatte meine Mum aber auch nicht getan. Sondern eben so einen Monteur, der entweder arbeitslos war oder nicht zu Hause, weil er auf den letzten Baustellen des Kontinents herumwerkelte und eines Tages einfach da blieb, wo er gerade war. Weil man es dort anscheinend gut aushalten konnte. Ich ließ meinen Blick über die Küchenschränke und die Spüle mit ihren Geschirr- und Dosenbergen gleiten. Die Vorstellung, das alles hier vielleicht nicht mehr wiederzusehen, kam mir ganz unwirklich vor. Und das war ja auch nur eine Möglichkeit – eins von Tausenden von Dingen, die heute passieren konnten. Ich trank meine Coke aus, steckte mir die gedrehte Kippe für später hinters Ohr und stand auf.

»Ich muss los.«

Ich schulterte den Rucksack.

Meine Mum blieb sitzen. Doch sie sah mich direkt an und fragte: »Aber du kommst doch wieder, oder?«

Ich erwiderte: »Wo soll ich schon hin?«

Ich nahm den Bus und dann die Straßenbahn in die Innenstadt. Saß, den Kopf gegen das kühle Fensterglas gelehnt, in der Bahn, stierte nach draußen und dachte an Julius. Ich war nicht verliebt. Echt nicht. Und trotzdem kribbelte es, wenn ich ihn in Gedanken vor mir sah. Na meinetwegen, dann war ich eben doch ein bisschen verliebt. Vor allem aber, Sex hin, verliebt her, war er jemand ziemlich Besonderes. Fand ich.

Ich hatte noch über eine Stunde Zeit, bis wir uns wieder trafen. Ich schlenderte durch die Stadt und rechnete bei jedem Café und jedem Bistro damit, drinnen ihn und den Professor zu sehen, ins Gespräch vertieft, ein Gespräch unter Männern, unter Mathematikern. Ich versuchte es mir vorzustellen, doch es gelang mir nicht. Es war viel los überall, vor allem am Bahnhof. Herrliches Wetter, der erste Samstag in den Sommerferien. Am Bahnhof kreuzten sich die Ströme der Tagesausflügler und Touristen, die die Sehenswürdigkeiten hier in der Stadt beglotzen wollten. Japaner auf Europatrip, gestern London oder Paris, heute hier, morgen Prag oder Budapest. Oder Lissabon meinetwegen. Dazwischen ein paar Klaukids. Man kriegt einen Blick für so was. Bestimmt könnte ich, wenn ich mal gar nicht mehr weiterwüsste, direkt bei den Bullen anfangen. Verdeckte Ermittlerin. Aber ich war nicht da, wo man nicht mehr weiterweiß. Ich ließ mich durch die Menge treiben und studierte nur so zum Spaß die Fahrpläne der Fernzüge. Keine Ahnung, warum alle Welt so geil aufs Fliegen ist. Billigflieger hier, all inclusive da – ich meine, richtig Reisen ist doch, wenn man in so einem Zug sitzt. Du siehst die Landschaft vorbeigleiten, Menschen, die an Bahnsteigen stehen und ihren Leuten zuwinken beim Abschied. Du kommst durch die ganzen Städte durch und jede Stadt ist dir ein kleines bisschen weniger vertraut.

Und schließlich wurde es Zeit, mich aufzumachen. Ich hatte mich fast ein bisschen verbummelt und beeilte mich, zu Sands Laden zu kommen. Als ich in die Straße einbog, sah ich die beiden schon von Weitem. Julius und sein Alter. Mann! Was sollte das denn jetzt wieder werden?

#19 Unwahrscheinlichkeiten

Keine Ahnung, ob sich der Professor das Hotel, in dem er übernachtet hatte, wegen des üppigen Frühstücksbüffets ausgesucht hatte. Jedenfalls wäre ich unter anderen Umständen hemmungslos über die Köstlichkeiten hergefallen. Aber als wir uns jetzt im Hotelrestaurant gegenübersaßen, kriegte ich kaum was runter. Ich nippte an einem Orangensaft und spürte einen pelzigen Belag auf meiner Zunge und meinen Zähnen.

»Du hast also auch nicht zu Hause übernachtet«, stellte mein Vater fest.

Ich schüttelte den Kopf und dachte an den Fleck in meiner Hose. Beinahe wäre ich rot geworden. Ich sehnte mich nach einer Dusche, frischer Unterwäsche und meinem Bett, wo ich mich jetzt am liebsten in die Kissen werfen und in aller Ruhe von der Nacht mit Joe hätte träumen wollen. Aber wir waren hier, mein Vater und ich.

»Warst du bei ihr?«, wollte er wissen. »Bei – wie heißt sie – Joe?«

»Ja.« Das war ja einfach. Wäre nicht die ganze Situation so abgedreht gewesen, hätte ich mich nie getraut, das zuzugeben.

Er sagte lapidar: »Dann war deine Nacht vermutlich angenehmer als meine.«

Ich setzte mich etwas aufrechter hin und erwiderte: »Du hast mich nicht hierhin eingeladen, um mir von deiner Nacht zu erzählen.«

Der Professor zog überrascht eine Augenbraue hoch. Solche Töne war er von mir nicht gewöhnt. Er lehnte sich zurück und meinte: »In gewisser Weise doch. Ich habe mich in letzter Zeit sehr intensiv mit deiner Mutter – also mit Regine – beschäftigt. Gedanklich, meine ich. Und ich fürchte, ich habe es versäumt, mich auch mit dir zu befassen. Das ging mir durch den Kopf letzte Nacht.«

»Du sagst das, weil es dich schockt, dass der Ring futsch ist?«

Innerlich war ich begeistert über meine Souveränität. Ja, die Situation war wirklich total abgedreht, und genau deshalb fühlte ich mich so sicher. Und ich spürte seine Unsicherheit. Äußerlich blieb ich natürlich gelassen.

»Vielleicht ist diese Angelegenheit mehr der Anlass als die Ursache«, erwiderte mein Vater. Bestimmt würde er niemals wieder ein normales Gespräch führen können, dachte ich, so abgehoben, wie er immer redete. Ich hatte irgendwie keine Lust auf ein solches Geplänkel, nicht an diesem Morgen, nach alledem. Und so beschloss ich einfach, ihm die ganze Geschichte zu erzählen. Ich kann mich nicht erinnern, dass er mir jemals so aufmerksam zugehört hatte. Er unterbrach mich kein Mal, fragte nichts nach, bis zum Schluss.

»Was wirst du jetzt tun?«

»Wir gehen nachher zu diesem Wladimir«, erklärte ich. »Joe und ich. Wir konfrontieren ihn mit den Tatsachen und schauen einfach, was passiert.«

Wieder kam die Augenbraue. Der Professor legte den Kopf schräg, betrachtete mich eingehend und sagte: »Du bist erwachsen geworden.«

Ja, letzte Nacht, um genau zu sein, dachte ich. Stattdessen entgegnete ich: »Stört es dich, wenn ich rauche?«

»Du wirst bald sechzehn«, sagte er achselzuckend und reichte mir einen Aschenbecher von einem unbesetzten Nebentisch. Ich nestelte das verknitterte Päckchen aus der Hosentasche und zündete mir eine Zigarette an. Noch vor vierundzwanzig Stunden hätte ich nicht einmal gewagt, mir eine solche Szene wie diese hier vorzustellen. Fest stand: Ich war am Drücker.

»Denkst du, ihr werdet euch scheiden lassen?«, fragte ich ihn.

»Ich zumindest habe das vor«, nickte der Professor.

»Das wird das Beste sein«, brummte ich. »Sitzen wir hier, weil du mir das sagen wolltest?«

»Nun ja.« Er beugte sich vor, stützte die Ellenbogen auf die Tischkante und führte die Fingerspitzen seiner Hände zusammen. »Ich muss gestehen, dass ich mir nichts Konkretes überlegt habe, was ich mit dir besprechen möchte. Es war mir schlicht ein Bedürfnis, mit dir zu sprechen, nach dem, was gestern Abend geschehen ist.«

Auf einmal musste ich lachen.

»Ja, Mann, das war schon großes Kino.«

»Nicht wahr?« Er lachte ebenfalls. »Du wirst es mir nicht glauben – ich hatte es nicht geplant.«

»Quatsch«, rief ich. »Du hast doch extra darauf bestanden, dass Edgar und Karin mal wieder zu Besuch kommen.«

»Ja, ich wollte sie miteinander beobachten«, räumte der Professor ein. »Und Regine später zur Rede stellen. Doch während wir da beim Essen saßen, konnte ich der Versuchung nicht widerstehen.«

»Was soll's«, meinte ich. »Musste ja anscheinend eh mal auf den Tisch.«

Er nickte bedächtig und stützte dann das Kinn auf die Spitzen seiner Zeigefinger. Garantiert saß er genau so immer hinter seinem Schreibtisch, wenn er jemandem eine Prüfung abzunehmen hatte. Bloß – wer war hier jetzt der Prüfling?

»Wenn ihr euch also wirklich scheiden lasst«, setzte ich an. »Dann kann ich doch selber entscheiden, bei wem ich leben möchte?«

»So ist es. Aber diese Entscheidung musst du jetzt noch nicht treffen. Und ich möchte dich auch nicht beeinflussen.«

»Ha«, machte ich, »das kannst du auch gar nicht.«

Sein Kopf zuckte hoch und ich biss mir innerlich auf die Lippen. Jetzt hatte ich mit meiner coolen Julius-ist-voll-krass-erwachsen-Nummer vielleicht doch übertrieben. Aber er lächelte. Seine Hände fingerten an der Serviette herum. Dann sagte er übergangslos: »Ich möchte dir sagen, dass ich dich lieb habe. Das ist vielleicht selbstverständlich, aber ich habe das noch nie zu dir gesagt. Wichtiger ...«

»Schon gut!«, rief ich abwehrend. O Gott! Alles in mir sträubte sich! Wo waren die Kameras? Musste ich jetzt sagen: I love you, Dad? Aber er ließ sich nicht aufhalten. Er hatte einmal Schwung genommen und wollte es hinter sich bringen, das sah ich ihm an. Er räusperte sich und fuhr fort: »Wichtiger allerdings – jedenfalls für mich – ist es, dir zu sagen, dass ich dich respektiere.«

»Bitte?«

»Ja. Respekt.« Er war über den Berg. Das erkannte ich daran, dass er sich wieder vorbeugte und seine Fingerspitzen aneinanderlegte. »Ich glaube, mein Vater hat mich ertragen, vielleicht sogar toleriert, in jedem Fall hat er mich auch als seinen Sohn geliebt, aber er hat mich nicht respektiert. Ich möchte dich gerne respektieren.«

»Ähm – okay«, meinte ich bloß. Geschichten von früher wollte ich jetzt wirklich nicht hören. Das checkte er wohl, denn er kam zum Abschluss: »Ich denke, jede Generation, nein, jeder einzelne Mensch muss – ja, muss ...« Er suchte nach dem richtigen Wort. »Jeder Mensch muss, wie du es vielleicht ausdrücken würdest, sein Ding machen.«

»Das stimmt«, gab ich ihm recht. (Was die Sprache betraf, hatte er vielleicht doch noch Chancen.) »Nur, weißt du, was das Problem ist? Das sind nicht irgendwelche Professorenväter, die einen irgendwie unterdrücken oder so. Das Problem ist, überhaupt erst mal sein Ding zu finden.«

»Und?«, fragte er. »Hast du es schon gefunden?«

»Nee«, sagte ich und drückte die Zigarette aus. »Du etwa?«

Er lachte. Mann, er sah plötzlich genauso aus wie auf dem Foto von ihm, das ich vorletzte Nacht beim Wühlen in dem Humidor gefunden hatte.

Ich schaute auf die Uhr.

»Oh, ich muss los.«

»Warte«, sagte er. »Was hältst du davon, wenn ich mitkomme?«

Auf keinen Fall!, dachte ich. Aber dann sah ich Wladimir vor mir. Mir war schon ein bisschen mulmig bei dem Gedanken, ihm gleich leibhaftig gegenüberzustehen. Und drei sind immerhin mehr als zwei. Also sagte ich: »Wenn das dein Ding ist, wieso nicht?«

Nach Joes Beschreibung fanden wir mühelos die richtige Straße und standen kurz darauf vor der Schaufensterscheibe mit dem Schriftzug *Goldschmiedewerkstatt Iwan Sand*. Drinnen erkannten wir einen alten Mann. Er saß über einen Werktisch gebeugt und feilte hochkonzentriert an irgendetwas herum. In einem Auge trug er so ein Glas, wie mein Vater es auch besaß. Von Joe sah ich leider noch nichts. Von diesem Wladimir allerdings auch nicht, was ich gar nicht mal bedauerte. Doch da traf es mich wie der Schlag – Wladimirs Onkel war Goldschmied! Von einer Sekunde auf die andere war mir alles klar. Quatsch – im Gegenteil! Überhaupt nichts war klar. Warum sollte dieser Onkel …?

»Hey!« Joe bog um eine Straßenecke. Ich war wie elektrisiert. Gerade mal zwei Stunden war es her, seit ich gegangen war, und doch war ich froh, sie wiederzusehen. Fast als hätte ich Angst gehabt, dass sie überhaupt nie existiert und ich mir alles nur eingebildet hatte. Ich hätte sie gerne geküsst, aber sie beäugte bloß meinen Vater mehr als argwöhnisch, dann sah sie mich an und sagte: »Ich hoffe, du hast dir was überlegt, warum du deinen Vater mitbringst.«

»Tja, was soll ich sagen?« Ich zuckte mit den Schultern. »Es ist halt sein Ding.«

»Wollen wir?«, fragte der Professor.

»Jep«, meinte Joe. »Showtime.«

Entschlossen betrat sie den Laden, wir folgten ihr. Kurz blieben meine Augen an dem großen Rucksack hängen, den sie auf dem Rücken trug. In mir stieg eine komische Ahnung hoch.

Ein helles Glöckchen meldete unsere Ankunft an.

Iwan Sand setzte bedächtig sein Augenglas ab und

erhob sich mit einem tiefen Seufzer. Sein Blick wanderte von Joe zu mir und weiter zum Professor.

»Es geht um Waldemar?«, fragte er.

Wer zur Hölle war Waldemar?

Joe entgegnete: »Auch. Aber vor allem um den Ring.«

Sand sah wieder von ihr zu meinem Vater und meinte: »Aber Sie sind nicht von der Polizei.«

Es war keine Frage, sondern eine Feststellung.

»Ich bin der Besitzer des Rings«, erklärte ich mit möglichst bedeutungsvoller Miene. »Und ich hätte ihn gern zurück. Den echten. Wenn Sie nichts darüber wissen, sollten Sie vielleicht Ihren Großneffen danach fragen. Über Polizei können wir dann immer noch sprechen.«

Iwan Sand schien amüsiert.

»Lassen wir Waldemar aus dem Spiel«, sagte er schließlich. »Darf ich annehmen, dass Ihr Name Ziebel ist?«

»Ja«, sagten der Professor und ich gleichzeitig. Und blickten uns erstaunt an.

Der Alte lachte seltsam vergnügt. »Das ist eine lange Geschichte. Möchte jemand einen Tee?«

Iwan Sand schlug den schweren roten Vorhang zur Seite, der den hinteren Teil seines Ladens abschirmte, und führte uns in einen Raum, der offenbar zugleich als Abstellkammer, Lager und Besprechungsecke diente. Es gab einen Tisch mit mehreren Stühlen, auf die er deutete.

»Nehmen Sie Platz.«

Auf einer Anrichte stand ein großer dreibeiniger Wasserkocher mit einem Abflusshahn. Sand goss aus einer kleinen Kanne etwas Tee in vier Tassen, die er dann der Reihe nach unter den Kessel hielt und so den Tee mit heißem Wasser verdünnte. Er stellte die Tassen vor uns hin, setzte sich und faltete die Hände. Dabei wirkte er kein bisschen nervös oder schuldbewusst. Im Gegenteil schien er den Augenblick zu genießen, denn er lächelte in die Runde und machte keine Anstalten, etwas zu sagen. Ich nippte an dem Tee und fand ihn ungenießbar. Joe ließ es ganz bleiben. Der Professor trank und wirkte auch sonst so, als fände er diese abstruse Situation hauptsächlich sehr anregend.

»Der Ring, von dem wir sprechen«, hob der Alte beinahe feierlich an, »hat einmal meinem Großvater gehört. Sergej Sand.«

Ich fixierte meinen Vater. Beim Klang dieses Namens setzte er die Teetasse ab und straffte sich.

»Die Gravur«, rief er aus. »Die kyrillischen Anfangsbuchstaben sehen aus wie das lateinische C! Die Initialen auf dem Ring lauten C. C.« Er hob wieder eine Augenbraue an. »Das können Sie genauso gut erfunden haben.«

»Ja, vielleicht«, lächelte Iwan Sand. »Und vielleicht erfinde ich noch mehr. Etwa die Geschichte meines Großvaters, dessen Familie aus Deutschland stammte und seit langer Zeit an der Wolga lebte, bis der russische Bürgerkrieg ausbrach.« Auf mein anscheinend ziemlich ahnungsloses Gesicht meinte er: »Davon weiß man heute nicht mehr viel, fürchte ich. Ich will Sie damit auch nicht langweilen. Sergej Sand hatte sich auf die Seite der Weißen geschlagen, also auf die falsche, denn die Roten siegten, wie man immerhin weiß. Sergej Sand geriet in Gefangenschaft, konnte aber später fliehen und nach Deutschland entkommen. Was er an Wertsachen bei sich trug, war einzig der Ring, von dem wir sprechen. Leider kam er zur falschen Zeit – im Jahre 1922.«

»Inflation«, sagte der Professor.

Sand nickte. Als hätte ich die Fotografie eingescannt, sah ich klar das Bild meines Urgroßvaters wieder vor mir, zusammen mit seinen Freunden, bei der Party, wo man sich einen Spaß draus machte, Zigaretten mit Geld anzuzünden.

»Mein Großvater brauchte Startkapital für einen Neuanfang in Deutschland. Also belieh er einen Bekannten, einen Studenten, mit dem er Zimmer an Zimmer lebte. Er lieh sich eintausend Mark und gab den Ring als Pfand.«

Mein Vater hing wie gebannt an den Lippen des Alten. Ich sah zu Joe. Das Thema schien sie mehr zu interessieren, als ich gedacht hatte. Ich hätte gerne gewusst, ob sie diese Geschichte an irgendwas erinnerte. Sand berichtete weiter: »Sergej wollte die eintausend Mark in spätestens einem Jahr zurückzahlen. Aber die Inflation durchkreuzte alle seine Pläne. Am Ende gab es eine neue Währung mit einem nicht eben günstigen Wechselkurs.«

»Eins zu einer Billion«, wusste mein Vater. Ich hätte ihn am liebsten einen Streber genannt, wäre nicht der Moment so ernst gewesen und hätte er dabei nicht so betont geseufzt. Anscheinend ahnte er, wie die Geschichte weitergehen würde.

»Sergej konnte seinen Kredit nicht zurückzahlen«, bestätigte der alte Sand. »Und so ging der Ring in den Besitz einer anderen Familie über, in die jenes Studenten.«

Der Professor machte wieder seine Fingerspitzengeste, bevor er zur finalen Schlussfolgerung ausholte: »Und dieser Student trug den Namen Herrmann Ziebel.«

»Glauben Sie an Schicksal?«, fragte Sand meinen Vater.

»Nein«, antwortete der Professor bestimmt.

Ich warf ein: »Er glaubt an Unwahrscheinlichkeiten.«

Joe räusperte sich und sagte: »Als Wladimir mit diesem Teil, also mit dem Ring, hier auftauchte, war Ihnen klar, was das ist. Und Sie haben gleich die Fälschung gemacht?«

»Ach«, winkte Sand ab, »dieses Duplikat habe ich als junger Mann hergestellt, vor vielen Jahren, nach einem Abguss, den mein Großvater hatte machen lassen, um Verwechslungen zu vermeiden.« Er senkte die Stimme, als er fortfuhr: »Waldemar weiß überhaupt nichts davon. Ich sah, wie er im Laden den Ring untersuchte. In einem unbeobachteten Moment habe ich die Ringe ausgetauscht.« Er räusperte sich. »Selbstverständlich war das unredlich, doch ich war mir sicher, dass der Ring ohnehin gestohlen war.«

Dabei sah er meinen Vater an. An dessen Stelle antwortete ich: »Das ist auch eine lange Geschichte.«

»Waldemar ist ein guter Junge«, sagte der Alte nachdrücklich. »Seine Mutter – eine entfernte Großnichte von mir – hatte nie eine Vorstellung, was sie in Deutschland erwartet. Waldemar braucht Orientierung. Ich habe ihn noch nicht aufgegeben.«

Wieder hatte Sand zu meinem Vater gesprochen. Doch der kannte keinen Waldemar oder Wladimir und interessierte sich auch nicht dafür, was dem wohl fehlen mochte.

Schließlich schlug der Alte vor: »Nun, lassen wir doch all diese Geschichten ruhen und blicken in die Zukunft.« Er schaute meinen Vater feierlich an und erklärte: »Ich bin bereit, für den Ring zu bezahlen, falls Sie verkaufen wollen.«

Der Professor deutete mit der Hand auf mich und ich fragte fast so routiniert, als täte ich das jeden Tag: »An wie viel hatten Sie gedacht?«

Iwan Sand wiegte den Kopf hin und her und sagte: »Elftausend Euro. Zehntausend Euro ist der Ring wert. Und eintausend Euro betrachten Sie bitte als kleine Aufwandsentschädigung für Ihre Unannehmlichkeiten – Ihr Einverständnis vorausgesetzt, dass das Hinzuziehen der Polizei sich erübrigt haben dürfte.«

Ich blinzelte zu Joe. Ich würde für kein Geld der Welt

auf die »Unannehmlichkeit« verzichten, sie getroffen zu haben. Aber Joe missverstand meinen Blick wohl als eine Frage, denn sie nickte mir aufmunternd zu.

Der Professor legte seine Hände flach auf den Tisch und verkündete: »Mein Sohn wird darüber nachdenken.«

Ich rief: »Schon passiert.«

Mein Vater – Augenbraue – warf mir einen mehrdeutigen Blick zu, den er vielleicht selber nicht ganz verstand. Ich hätte jetzt etwas sagen können von wegen mein Ding und so, aber das passte nicht hierher und als alter Logiker, der er nun mal war, würde er auch selber draufkommen. Ich sagte zu Sand: »Zehntausend. Und wir sind quitt. Ist ja immer noch eine gute Rendite nach achtzig Jahren.«

Die Hände meines Vaters zuckten, aber er ließ sie wieder sinken.

Der Alte erhob sich und begann in einem Regal an der Wand zu kramen, hinter dem sich offenbar ein Safe verbarg. Er kam zurück mit einem Bündel Geldscheinen, einem Briefumschlag, einem Quittungsblock und einem seltsamen Gerät mit einer Glühbirne, unter die er der Reihe nach zwanzig Fünfhundert-Euro-Scheine hielt. Unter dem Licht leuchteten die eingewebten Symbole hell auf. Sand meinte belustigt: »Sie sehen, ich kann nur Schmuck nachmachen.«

Ich verfolgte seine Bewegungen mit Ehrfurcht. Joes Blick hatte etwas vollkommen Ungläubiges an sich. Ein Schein nach dem anderen verschwand in dem Briefumschlag. Iwan Sand füllte rasch eine Quittung aus und schob sie mir hin. Ich zögerte einen Augenblick und sah zu Joe, die ihren Rucksack auf dem Schoß hielt. Sie wich meinem Blick aus. Zum ersten Mal, seit wir uns getroffen hatten. Als hätte sie sofort erraten, welche Idee mir in diesem Augenblick gekommen war. Ich beugte mich tief über den Quittungsblock und unterschrieb.

Der Alte nahm den Block wieder an sich, schaute auf meine Unterschrift und lächelte, ohne dabei aufzusehen. Dann riss er den Durchschlag der Quittung ab und schob sie hinter die Geldscheine. Mit einem Hauch von Feierlichkeit übergab er mir das Kuvert. Mir war auch ganz historisch. Ich hatte Sätze auf der Zunge, so in Richtung: *Jetzt ist für unsere beiden Familien …*

Scheiß der Hund drauf. Mir war in diesem Moment vollkommen egal, dass ich gerade den uralten Familienring verkauft hatte. Erstens war es fair, dass Sand ihn zurückbekam, und zweitens konnte ich in diesem Moment nur an Joe denken, an ihren Rucksack und an den Umschlag in meiner Hand. Wir standen auf und ich sagte: »Tja, dann danke. Und Gruß an Wladimir.«

Ich entnahm dem Umschlag einen Geldschein, den ich faltete und in meiner Gesäßtasche verschwinden ließ. »Für ’ne Pizza«, brummelte ich, obwohl mich niemand danach gefragt hatte. Das Kuvert selber steckte ich mit Bedacht in die Innentasche meiner Jacke.

So verließen wir den Laden.

Draußen guckte der Professor ziemlich ratlos. Joe drehte sich eine Kippe und ich gab meinem Vater einfach die Hand.

»Das war schön«, sagte ich. »Wir sollten mal wieder zusammen frühstücken oder so was in der Art.«

Er schnallte es. Wünschte uns einen schönen Tag und ließ uns stehen.

Joe zündete ihre Zigarette an und nahm einen tiefen Zug. Und noch einen. Hastig. Sie schaute an mir vorbei. Ich streckte meine Hand nach ihr aus. Unvermittelt warf sie die angerauchte Zigarette weg, fiel mir um den Hals und küsste mich, als wäre es das letzte Mal. Wild und voller Sehnsucht.

»Ich muss jetzt mal los, noch ein paar Sachen erledigen«, sagte sie.

»Ja«, sagte ich.

»Ich muss jetzt wirklich.«

»Ich weiß.«

»Willst du mich gar nicht fragen, ob wir uns wiedersehen?«

»Du könntest doch auch fragen.«

Sie gab mir einen Schubser und lachte: »Mann, Julius, es quillt schon wieder.«

»Na gut«, meinte ich. »Sehen wir uns denn heute Abend?«

»Hm«, machte sie. »Weiß ich noch nicht so genau. Sagen wir einfach, ich rufe dich an.«

»Okay.«

»Du könntest mich auch anrufen. Du hast ja meine Nummer.«

»Stimmt.«

»Mann, Typ, du machst es mir nicht leicht«, klagte sie und stürzte sich wieder auf mich. Noch einmal küssten wir uns für eine kurze Ewigkeit. Ich fragte: »Warum soll ich ausgerechnet jetzt damit anfangen?«

»Auch wieder wahr«, meinte sie und schnallte sich diesen Rucksack fester auf ihren Rücken.

»Eins noch«, sagte ich. »Wenn du nachher nicht zum Telefonieren kommst, weswegen auch immer, dann rufst du mich aber ein anderes Mal an, okay?«

»Okay«, nickte sie. Und schluckte. Dabei machte sie ein paar Schritte rückwärts.

»Oder halt meinetwegen ein ganz, ganz anderes Mal«, rief ich noch. »Du kannst mich jederzeit anrufen.«

»Ich weiß«, sagte sie leise, aber so, dass ich es hören konnte. Dann drehte sie sich um und ging.

Nach einer Weile setzte ich mich in Bewegung, erst langsam, dann immer schneller, ich suchte eine Seitenstraße, wo niemand war, so wie wenn man plötzlich tierisch pinkeln muss, aber es gibt kein Klo. Und dann blieb ich einfach stehen und heulte los. Scheiße, ich hatte nicht mehr geheult seit, seit, ach keine Ahnung. Ich heulte, weil die Welt nun mal so war, weil Joe nicht bleiben und ich nicht mitgehen konnte und weil ich nie wieder *Gone with the sin* würde hören können, ohne an diese Stunden zu denken, und ein bisschen auch, weil ich total bescheuerterweise wirklich glücklich war.

Als die Tränen weg waren, klopfte ich prüfend auf meine Jacke. Sie hatte es geschnallt. Ich konnte mir ein zufriedenes Grinsen nicht verkneifen. Irgendwie waren wir ein gutes Team gewesen, bis ganz zum Schluss. Ich zog meinen neu erworbenen Fünfhundert-Euro-Schein aus der Hosentasche und ging mir eine Pizzeria suchen. Es war fast Mittag und ich hatte echt Hunger.

#20 Hidden Track

Hey, ich noch mal kurz. Es ist cool hier, wenn auch nicht optimal. Ich meine: Ob ich mich im kalten Deutschland mit den Russen rumschlage oder im warmen Portugal mit den Angolanern, der Job ist derselbe – das ist halt Globalisierung. Aber im Ernst jetzt mal. Ich mache immer weniger solchen Mist, gehe sehr oft zur Schule und kann schon etwas Portugiesisch. Mein Dad ist so weit ganz okay, mit seiner Frau komme ich einigermaßen klar, und da, wo wir wohnen, sieht es sogar ein bisschen aus wie auf der Postkarte, auf die ich in den Jahren zuvor immer gestarrt habe. Klar, ich denke manchmal an meine Mum. Und frage mich, ob ich sie eigentlich im Stich gelassen habe. Aber ich schätze mal, sie versteht, was ich gemacht habe. Dass ich was verändert habe. Keine Ahnung, ob es jetzt wirklich besser ist. Aber es ist anders. Und das ist schon mal gut.

Eine Sache allerdings ist so wie früher: In meinem neuen Zimmer hängt wieder eine Postkarte. Kleine Strandpromenade, weißer Sand, blaue Bucht. Ziemlich oft habe ich sie schon in der Hand gehabt. Den Text kenne ich auswendig.

Hey, Julius,
fürs Erste: Mir geht es gut. Nur kann ich alle diese Dinge, die ich Dir gerne mal sagen würde, bis jetzt noch überhaupt nicht in Worte fassen. Wenn Du willst, komm einfach her, wenn wieder mal Ferien sind. Und wir quatschen was. Ich denke viel an Dich.
Kuss,
Joe

Darunter Adresse und Telefonnummer. Eines Tages werde ich diese Postkarte abschicken. Ganz bestimmt. Und bis dahin habe ich immer noch den Zettel, den ich gleich neben der Karte aufgehängt habe. Es ist der Durchschlag einer Quittung:

EUR 10 000,00 – – – – – – – – – –
in Worten zehntausend
dankbar erhalten
Julius Ziebel (der dich, Joe, nie vergessen wird)